文治
© wénzhi books

更好的阅读

德尔塔的悲剧

デル 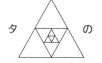 タ の 悲 劇

[日] **浦贺和宏** 著

水七木 译

四川文艺出版社

图书在版编目（CIP）数据

德尔塔的悲剧 /（日）浦贺和宏著；水七木译. 一
成都：四川文艺出版社，2022.11（2023.1 重印）
ISBN 978-7-5411-6432-3

Ⅰ.①德… Ⅱ.①浦… ②水… Ⅲ.①推理小说—日
本—现代 Ⅳ.①I313.45

中国版本图书馆CIP 数据核字（2022）第168593 号

DERUTA NO HIGEKI
© Kazuhiro Uraga 2019
First published in Japan in 2019 by KADOKAWA COPPORATION, Tokyo.
Simplified Chinese translation rights arranged with KADOKAWA COPPORATION, Tokyo
through BARDON-CHINESE MEDIA AGENCY.

版权登记号：图进字 21-2022-347 号

DE'ERTA DE BEIJU

德尔塔的悲剧

[日]浦贺和宏 著　　水七木 译

出 品 人　张庆宁
策划出品　磨铁图书
责任编辑　陈雪媛
责任校对　段　敏
出版发行　四川文艺出版社（成都市锦江区三色路238 号）
网　　址　www.scwys.com
电　　话　028-86361781（编辑部）
印　　刷　三河市冀华印务有限公司
成品尺寸　145mm×210mm　　　开　　本　32 开
印　　张　5.75　　　　　　　　字　　数　110 千
版　　次　2022 年11 月第一版　印　　次　2023 年1 月第三次印刷
书　　号　ISBN 978-7-5411-6432-3
定　　价　45.00 元

目 录

引子
来自八木法子的信

这是我初次给您写信。我是八木刚的母亲八木法子。或许您在报道中略有耳闻，犬子因为卷入了前段时间的某起案件而不幸殒命。犬子一直以浦贺和宏为笔名在写小说，他的遗作《德尔塔的悲剧》将在下个月出版。我随信附上了一本样书。

犬子先于自己而去的痛苦令我难以忍受。案件发生后，我食不下咽（如若犬子读到这里，说不定会斥责我说："这是多么平庸的表达！"），每日以泪洗面。我丈夫已经过世很久了，我能依靠的亲戚又很少，所以准备犬子的葬礼等事宜，得到了他的各位编辑的鼎力相助。

对于您没有出席犬子的葬礼一事，事到如今我也没有怨恨了。对于您来说，犬子已是故人，而且您也不希望周围的人知道您与犬子的关系吧。

从各位编辑那里，我了解到了犬子生前作为社会的一员是如何工作的。他的工作完成得相当出色，这让我感到自豪的同时，也让我经受着失去了重要事物的悲痛。与此同时，我也知道了出版界的惯例。在作品出版后，作家会给朋友或熟人赠书，许多作家会附上寄送地址的清单，让出版社送书。我以打算向关照过犬子的人道谢为由，拜托编辑给我看了以前的赠书名单。名单上有您的名字，这就充分说明您跟犬子有所接触。

　　犬子已故，所以我便参与了《德尔塔的悲剧》的出版工作。话虽如此，我又不好随意改动犬子所写的小说的内容，况且我对小说也一窍不通，主要处理的是版税相关的享有权问题。《德尔塔的悲剧》的赠书名单中没有您的名字，所以这本书没有经过出版社，而是由我直接寄送给您。

　　这封信的后续有几处地方会与作品内容相关，所以请您务必读完《德尔塔的悲剧》后再看信后面的内容。我不会使用"如果不介意，请您读一读"这种庸俗的表达。您一定会读《德尔塔的悲剧》的，毕竟这是犬子的遗作。

德尔塔的悲剧

浦贺和宏

引子

　　斋木明、丹治义行、绪川广司三人在横滨的鹤见出生并长大。由于他们的家离得很近，三人总是结伴而行。他们从幼儿园开始就是坏小孩。区别于镇上的其他小孩，他们总是旁若无人地在大街上阔步而行。上小学后他们立刻就学会了顺手牵羊，只要发现有同学不入伙，便会毫不留情地欺负他。

　　由于顺手牵羊，三人被严厉地斥责了，便暂时老实了起来。大人们想着这件事没有惊动警察，三人应该不会再犯顺手牵羊之类的罪行了。然而，当三人上了三年级的时候，大人们深刻地认识到自己之前的想法太过天真了。

　　三人上的那所小学，在六年的学制里分别会在三年级和五年级的时候各分一次班。在最开始的三年级分班时，三人第一次被分到了同一个班级。他们之前在学校的恶行并不起眼，只不过是因为在不同的班级里，一起行动的机会很少罢了。安排分班的老师并没有理解到，就算一个人的恶是小恶，三个人的恶聚集起来也并不是三倍的恶，而是会膨胀为数十倍。

第三学年才刚开始几个月，斋木、丹治和绪川的"让人头疼的坏小孩三人组"这一名号就已经在镇上传播开来。他们再度开始顺手牵羊，引发的欺凌和斗殴的事件也数不胜数。他们身材高大，能够轻易打倒比他们高一级的学生。这成了一段英勇的传奇，使得他们更加得意忘形，继而满不在乎地做出偷窥等色狼般的行径。然而偷窥女生更衣、袭胸、摸屁股的行为会给许多女生心里留下无法泯灭的伤痕。

老师们非常头疼，于是便开始分析三人的行为动机。有些老师认为斋木明是在单亲妈妈的抚养下长大的，缺乏父亲的关爱，这才助长了其恶行。还有一些老师认为丹治义行是独生子，没有兄弟姐妹，从小娇生惯养，从而变得恣意妄为。绪川广司既非单亲家庭子女又非独生子女，因此其动机被认为是缺钙导致的易怒。也有人认为绪川并非问题儿童，只是受到了斋木和丹治的影响才变成了坏小孩。可是，无论怎样谆谆教诲，都没有一个大人能让三个孩子改过自新。

有一名叫山田信介的学生与这三人同班。不同于这三人，他有着别的问题。他不管做什么事都很迟钝，让大家很是着急。让他帮忙为上课做准备工作，他却摔了一跤，打印的资料飞得到处都是；让他负责给其他同学打饭，他却把炖菜全部打翻在走廊里。老师和同学们逐渐都不再让他做事了。尽管如此，只要是在一个班级里，就不能说他是无关人士。赛跑总是万年末尾，上体育课或是参加运动会的时候，有山田信介参加的队伍一定会输。他脑袋不灵光，考试总是倒数第一，老师也看不起他，认为他拉低了班级的平均分。所以，他必然会被"坏小孩三人组"盯上。

山田信介就像是为了被欺负才来上学的。可是就算被三人拳打脚踢，他也只会嘿嘿地傻笑，一副无动于衷的样子。他的这种态度让三人愈加烦躁：那家伙要是哭着求饶便放他一马，不然就继续；或者直到他对上学产生抗拒，不来学校为止——不知不觉间，这已经成了三人的默契。

没有人会帮助山田信介。当然，一方面是因为大家都无法忤逆这三人，但更重要的是大家平时就看不惯山田信介的迟钝，看到他被欺负的样子，大家心里都会觉得舒坦。所以，同年级的学生会在一旁起哄，煽动欺凌行为。

老师们平时对三人的恶行感到棘手，可是看到被欺负的是山田信介后也视而不见，只是稍微提醒一下这三人就完事了。他那么迟钝，给大家带来了那么多的麻烦，就算是被欺负也是无可奈何的——这已经成了大家的共识。除了三人组，也有很多学生通过殴打山田信介来解闷。

也正因如此，在他们上四年级时的一个冬日的早上，山田信介被发现溺死在三池公园的水池里之时，也并没有很多人认为他是因为受到了三人组的欺凌而死的。更有甚者，因为山田信介遭受暴力的时候总是嘿嘿地傻笑，所以大家把欺凌这一行为都给否定了。学生之间若是发生了杀人事件，大部分学校相关人员的教育生涯一定会被葬送掉。大人们为求明哲保身，也就充耳不闻了。

死去的学生若是被大家喜爱，那事态就会不一样了，然而迟钝的山田信介死了，几乎没有人为之哀悼。每年都会频发溺水事故，已经有好几个孩子丧命了。警方断定他是失足滑落到水池里的，因此并没有进行像样的搜查工作。

山田信介母亲的证词表示，他曾经从房间的窗户溜了出去，一个人半夜在外游荡，警方据此认为凶杀的可能性很小。山田信介之死跟其他的许多事故采用了相同的处理方式，消失在了人们的记忆之中。山田信介的母亲也不希望警方进一步地搜查。信介每次给大家添麻烦的时候，他的母亲都会向大家道歉，如今儿子已经死了，她仍然卑躬屈膝地向相关人员道歉。

由于山田信介不在了，班级的平均分上去了，体育课上每个队伍也能相互角逐了，供餐的时候也不会吃不到炖菜了。不过，对于同学们来说，这些只不过是琐碎的问题。如果山田信介在的话，三人组那如同野兽般的残暴行径就会集中到他一人身上，也就不会波及自己了。既然他已经死了，那自己就有可能成为下一个牺牲品。这次谁会成为牺牲品呢？班里的同学们都战战兢兢的。

然而，他们的担忧只是杞人忧天。山田信介死后，三只"小野兽"的的确确收起了他们的獠牙，变得安分起来。老师们都沾沾自喜地认为是自己的教育取得了成效，没人认为这与山田信介的死有关。此外，也有人认为他们不久后就会升入五年级，第二次分班肯定会把他们分到不同的班级，突然变老实也是出于这个原因。

终于，三人升入了学区里的同一所中学。他们几乎不再像小学的时候那样结伴而行了。或许是因为成为初中生后可以交到新朋友了吧，不过谁都没有认真地思考过这个原因。

升上高中后，他们各自进入了不同的学校读书，已经完全没有联系了。当然，毕竟他们还是住在同一个镇上，虽说学校不一样了，但想见还是能够见得到的。然而，他们却顽固地避免再度见面。他们也会偶然在路上碰见：有时是斋木与丹治碰见，有时是斋木与绪川碰见，还有时是丹治与绪川碰见。可是，就算是在这种时候，他们也只是稍微地致以朋友之间的问候，从未三个人同时聚在一起过了。

三人高中毕业那会儿，镇上曾有过大名鼎鼎的"坏小孩三人组"这件事，几乎已经从人们的记忆中被抹去了。就连三人所做的顺手牵羊和欺凌行为，也仿佛随着山田信介之死消失了。

然而，正值山田信介死亡十年之际，三人迎来了成人之日。从那一天起，他们将直面自己的罪行。巧的是，那天也是山田信介的忌日。斋木、丹治和绪川三人，就像希腊字母的 Δ（德尔塔）一样，各自组成了三角形的顶点，他们的命运再度关联到了一起。

A 八木追究斋木

斋木回到家后，母亲便说有客人来了。

是谁？斋木刚准备这么问就打住了。母亲并不关心自己孩子的交友情况。不只于此，无论斋木作了多少恶，无论如何被世人冷眼相待，她都是一副事不关己的姿态。斋木心想，要是知道了自己孩子所犯下的罪孽，她还能保持着那份平静吗？

当然，这是无法去确认的。毕竟斋木已经跟丹治和绪川两人发过誓，要把那个秘密带到坟墓里去。

日式房间里有一名来客。这里就是斋木家的接待室，有客人拜访的时候都是在这个房间里会面。

斋木未曾见过这个男的。虽然他穿着西装，但仅凭这点是无法确认他是不是上班族的，毕竟今天是 1 月 15 日，是成人节¹。

"你是谁？有什么事？"

"敝姓八木，叫八木刚。"

斋木思考了片刻，确实没有听过这个名字。

八木问道："今天的成人礼是在横滨体育馆²举行的吗？"

"你觉得我是去参加成人礼了？"斋木低头看了看自己穿的衣服，回问道。

"也有人是穿着便服去的。"

斋木并未理睬八木的话，继续提问："是谁让你来的？"

"什么？"

"本打算在成人礼上做个了断³，可我没去，所以才让你来叫我的吧。"

八木注视了斋木一会儿，说："看来您是误解了啊。我并不是因为这种事才来打扰您的。况且我是川崎市的市民，成

1　成人节：日本的国家法定节假日，2000年以前是每年的1月15日，2000年后则更改为每年1月第二个星期一。这一天全国各地都会放假，为年满20周岁的年轻人举行成人礼，"新成人"们都会穿上传统和服或是西服等，去参加当地举行的成人仪式。

2　横滨体育馆：位于神奈川县横滨市港北区的多功能运动场馆，面积约8000平方米，能容纳17000人。每年横滨市的成人礼都在这里举办，规模是日本最大的，每年都有电视台报道其盛况。

3　斋木是混社会的，误以为是其他暴力团伙上门来找碴儿的，所以才会说出这句话。——译者注

人礼是在等等力体育场¹举行的。"

越来越搞不懂了。鹤见毗邻川崎市，距离上确实很近。可就算是这样，鹤见在行政区域上也还是归属于横滨市，学区和成人礼的会场都跟川崎市完全不同。

八木也许是注意到了斋木满脸惊讶的表情，便冷不防地说道："我是因为山田信介的事情来打扰您的。"

时间仿佛停止了。

十年来，斋木一刻都不曾忘记这个名字。斋木提心吊胆地度过了这十年，生怕会有人出现，来追究自己。

每年的1月15日，斋木都会尽量避免外出走动。如果在路上碰到了熟人，提到了"这么说来，今天是山田的忌日啊"之类的话题，那可就得不偿失了。就算已经没有人在意山田的事了，但斋木还是没有办法去出席成人礼。毕竟在山田的忌日这天，当年的同班同学也会齐聚一堂的。

然而，没想到是对方找上门来了。这个人是来追究斋木、丹治和绪川共同犯下的罪行的。可是为什么是川崎市的人呢？他应该跟自己和山田上的那所小学没有任何关系才对。

"我虽然是川崎市的市民，但跟信介很要好，我们曾经还

1　等等力体育场：坐落于神奈川县川崎市中原区等等力绿地的多功能体育场地，能容纳6500人。除了举办各项赛事、大型活动，这里也是川崎市成人礼的举办地。

在同一所幼儿园上学。"

伴随着内心的绝望，斋木理解了他的话。公立学校是严格按照学区来划分的，就算两家人挨得再近，横滨市民和川崎市民也是不可能在同一所小学学习的。不过，私立的幼儿园也有这方面的问题吗？斋木没有上过幼儿园，无法考虑到这一点。

"所以呢？"

斋木拼命地抑制住声音的颤抖，催促对方继续说下去。

"您应该非常清楚我想要说什么。要在这里说吗？还是在其他地方？毕竟您还是不希望这种事传到别人耳朵里的吧。"

他指的"别人"应该是母亲吧。两人租住的是一间房龄四十年的平房，通风良好，并不适合进行秘密的谈话。

"那就出去吧。"

看到八木点了点头，斋木便跟他一起走了出去。

斋木突然想到了什么，抬起头，那是一片蔚蓝的天空。孩提时代，大人们曾说过：若是干了坏事，会被老天爷看到。当时的他们并不在意这句话，到处惹是生非。可是大人们是对的，若是干了坏事，一定会在哪里被其他人看到。

母亲应该注意到他们出门了吧，但她却默不作声。无论自己的孩子是顺手牵羊了，还是欺凌弱小了，母亲都丝毫不会过问。尽管如此，斋木还是没有乐观地认为，母亲就算知道了山田的事也会宽恕自己。

"讨厌的家伙又来了。"斋木嘟囔道。

"嗯？什么？"八木虽然回问了，但考虑到对方是不会一五一十地回答自己的，便又沉默了。

斋木和八木一起坐上市内公交车，前往鹤见站。身穿西装的年轻人和身穿和服的女性在车站拥挤的人群中尤为显眼。斋木情不自禁地咂了咂舌。能够公然饮酒了，这让他们很是高兴吧。

山田迟钝得会拖大家的后腿，大家都不喜欢他。他还拉低了班级的平均分，连班主任都不愿跟他接近。任何人都有杀害山田的动机和机会，为什么非得是他们三个抽中了下下签呢？就算心里这么想，他们"坏小孩三人组"那天对山田的所作所为是绝不可能抹去的。

斋木将八木带到了车站前的一家KTV里。虽然车站的西口外面就有一家常去的店，但斋木有意地避开了熟悉的地方，选择了一家从没有去过的店。KTV就在麦当劳旁边，这里的店员应该是不认识自己的。

把人带到这种地方来仿佛就是在说自己做了亏心事，但斋木一定要避免被其他人问到。

"你有什么事？"进入房间后，斋木开始虚张声势。

八木结结巴巴地说了起来。他说自己上小学之后还偶尔跟山田一起玩耍。那天是成人节，学校放假，所以八木就前往山田家准备找他一起玩，然而山田出门了，并没有在家。

八木还是有点头绪的。三池公园有一个大滑梯，他经常跟山田在那儿玩，说不定山田就是去了那里。就算山田不在，他也能自己玩滑滑梯来打发时间。虽然不垫上一张硬纸板的话，屁股就会磨破，但只要去垃圾箱里翻一翻，就能找到很多被丢弃的硬纸板。

然而，来到公园的八木却看到了出人意料的场景。

"当时您也在现场吧。"

说到这里，八木打住了。他是在观察斋木的反应。斋木的大脑飞速地运转着：当时被人目击了吗？完全没有察觉到啊。

斋木心想，自己必须否认。但是，八木的话是正确的，这一点自己是最清楚的。

这不是故弄玄虚。八木确信这一点，否则他就不会突然到初次见面的人家里造访了。

"这可不能成为证据。"

当然是不能认罪的。尽管罪行被八木知道了，但其他的人未必就会相信他说的话。事情都过去十年了，为什么到现在才揭发？——任何人应该都会这么想。

十年的岁月会让记忆也产生变化。今天是成人节这一点也太合适了，成人之际，才想起来曾经在世上引起风波的"坏小孩三人组"杀害了自己的挚友山田——一定也有人是这么想的。这个世上既有人会坦白子虚乌有的罪行，也有人会无中生有地回忆起自己幼年时期所谓的虐待经历。如果外人都是这么想八木的，那就没有问题了，一定能够熬过来的。

"确实，我曾经狠狠地欺负过山田，这一点我承认。但你说我杀了他？欺凌和杀人可是不一样的。"

"我看见了，看到你们三人对信介所做的事了。"

"那你为什么没来救他呢？就算你说的都是对的，那为什么事到如今、已经过了十年了才提起？"

"你们三人组的风评已经传到川崎这边来了，我所上的小学也有人被你们欺凌过。"

"有这回事吗？"

那时他们打架已经是家常便饭了，所以不会一桩一件记得那么清楚。山田死后，他们安分下来也是因为害怕惊动警方。虽然山田之死被当作意外处理了，但还是不能放心。如果他们因为胡闹而引人注意了，说不定就会有人认为他们跟山田的死有关。

"我怕告诉警察后就会遭到你们的报复，所以便装作没看见。不过成人之后我的想法变了。在十年前的今天，死去的信介永远地停留在小学四年级了。如果当时我鼓起勇气告发你们，那么信介的死亡经过就会浮出水面，而你们也会受到相应的惩罚。我一想到这里，就觉得他好可怜。请自首吧，拜托了。"

斋木嗤之以鼻："神经病！"

对方突然闯上门来，还以为是什么事，结果不足为惧嘛，没想到这家伙这么胆小。总而言之，他只不过是对自己放走了三人这件事，自顾自地心怀负罪感。

自己下命令让丹治和绪川动手确实是事实。恐怕也无法主张自己实际上并没有出手，所以是清白的。自己跟丹治和绪川都是同罪，不对，被视为主谋之后可能会担上更多的责任。可是，除了自己，还有很多人欺负过山田，没有任何证据表明八木目击的三人就是他们。

"你觉得谁会相信你说的话？"

"您是想说，您没有杀信介吗？"

"没错！"斋木断言。

说老实话，斋木起先还以为八木掌握了关键性的证据，然而八木却向斋木动之以情、晓之以理。八木似乎也承认，需要三个人的证词才能告发其罪行。

八木低下了头，似乎是在思索着什么，然后缓缓地抬起了头，说："不仅是您，还有另外两人 ——丹治和绪川，我也要去见他们俩，然后说服他们。事实上我已经找过丹治一次了，他现在似乎是一名公司职员。我想我还会再去见见他的。就算不是所有人都坦白也没关系，只要有一个人能坦白杀害信介的罪行就够了。"

斋木并不知道丹治和绪川现在在做什么，实在想象不到丹治竟然会老老实实在公司上班。

"好吧，那你就加油啰。"

虽然佯装不知，但斋木内心还是有些许不安。

比起其他男人，丹治和绪川两人是很有骨气的，但还是不如自己有毅力。若是八木纠缠不休，他们说不定会妥协。

斋木已经很久没跟这两人联系过了。然而，既然出现了八木这名目击者，或许就不可避免地要跟丹治和绪川商量一下了。

斋木看了看八木。他肌肤苍白，谈不上健康；脑袋有点大，四肢却很瘦弱，感觉不太协调。这种体形的人里，没见过有擅长打架的。就算他人高马大，自己这边有三个人，也能够轻松把他打趴下。

没错。

只要堵住这个家伙的嘴巴，就不会有什么问题了。

为保险起见，斋木还是试探性地说了一句："你很有胆量嘛。"

"什么？"

"随随便便就说别人是罪犯，你难道就不怕被灭口吗？照你说的话来看，我就是杀害山田的凶手咯？"

斋木笑眯眯地询问着，打算告诉他这仅仅是开个玩笑罢了。

"这点毋庸担心。我提前做好了准备，在一份文件上记录了我今天跟您谈过的事。如果我有什么三长两短，这份文件就会被公之于众。"

"你把文件交给某个人了？"

"就算是吧。"

"给谁了？"

"您觉得我会说出来吗？"

斋木正准备爆粗口，打算使用暴力让他说出来，但还是犹豫了。如果自己为了得到文件而做出这种事的话，那就等同于承认八木所说的话了。

况且，就算那份可疑的文件被公布了出来，只要没有物证，就没有人会相信。相比之下，对八木使用暴力而被问罪则要危险得多。

"你认为自己准备得很周到，真是笑死人了！我会害怕到动真格地杀了你？这种情况是怎么说的来着？被迫害妄想？算了，根本无所谓。我可不知道你说的文件，随你怎么散播好了。"

八木目不转睛地盯着斋木，斋木也不甘示弱地回瞪着他。

最先移开目光的是八木。

"你是学生？"

八木点了点头。

"专科生？"

"不，是大学生。"

明明还在靠父母养着，却大肆宣扬自己那任性的正义感，想要为山田报仇。他是想要抵消没有去救山田的负罪感吧。

"学生就该好好学习。我跟你可不一样，已经是社会的一分子了。脑瓜聪明的人就看不起建筑工人吗？我可是靠这份工作赚钱孝敬老妈的，今天才刚见面的你根本没有资格对我说三道四！"

斋木说这番话并不是因为觉得当建筑工人被人瞧不起了，而是想通过这番话来掩饰自己对山田的内疚。

"您是建筑工人吗？"八木觉得很意外。

"不可以吗？"

"我并没有说不可以，我只是觉得您对自己的这份工作引以为豪。"

"什么？"

"如果您不觉得自豪，那就不会亲口说出来了。这个工作很危险吧？毕竟是在高空作业。"

"才不危险，我都系好了安全带。"

"安全带？"

"系有救生索的腰带。你连这个都不知道吗？"

"我不知道。不过正因为必须采取这种安全措施，所以才很危险啊。这个工作很了不起啊！"

斋木本以为八木是在讽刺，但看来他是出自真心的，便不由得有点难为情，迫不得已地说道："你在说什么啊？你可是好端端地从大学毕了业的吧？你是大学毕业生哦，所在的职位反正都会肆意使唤我们这些蓝领。什么狗屁自豪！居然还嘲笑我！"

"我没有要嘲笑您的意思。"

"还说没嘲笑？！"

"您说您是蓝领，那就是吧。可是大学生就不能过问蓝领的罪责了吗？"

斋木扑哧冷笑了一声，没有回答。职场上的前辈们经常说资本家对他们蓝领颐指气使，自己只是为了模仿他们的话而说出了"蓝领"这个词，并没有深刻的意义在里面。

"您知道陀思妥耶夫斯基的《罪与罚》吗？主角是一个杀死了放高利贷的老婆婆的男人。如果您还没有读过的话，我推荐您读一下。我想这一定能启发您今后应该做出怎样的选择。"

"随你怎么说！"

斋木说完便站了起来，留下八木自己离开了KTV。什么狗屁陀思妥耶夫斯基！上过大学就很了不起吗？

然而，斋木的内心却担忧得不得了。他们三人对山田所犯下的罪行，在这个世界上至少有一个人——八木是知道的。虽说现在并没有证据，但这还是让自己很不爽，同时还有内疚的感觉。八木若是对这种内疚纠缠不休的话，三人之中说不定就会有人沦陷。

必须想想办法了，要尽快跟丹治和绪川取得联络。

B 八木追究丹治

午休时，一位女同事告诉丹治有客人来找。

"是个怪人哦。不知道是不是学生。"

"怪人？怎样的怪法？"

"他好像一直盯着我的脸看，还笑眯眯的，感觉怪瘆人的。"

背地里说客人的坏话，这可不是参加工作的人应有的礼仪。不过这名访客真有那么奇怪吗？那至少应该不会是客户了。

丹治的脑海里浮现出了一个男人的名字。莫非现在他都找到公司里来了吗？

课长说："不会是来讨债的吧。"

同事们都笑了。公司里现在正流行打麻将，虽然不能过于声张，但还是赌了钱的。他们笑着说："丹治啊，快别再赌了。"可丹治笑不出来。即便讨债是玩笑话，但之后还是会被同事们问到是什么事。如果自己的猜想是正确的话，之后解释起来就会很麻烦，不过又不可能说实话。

来到接待室，房间里果然就是丹治预想中的那个人。

"好久不见。"八木对丹治说道。

"你有什么事？"

"别那么冷淡嘛。你应该知道吧？"

丹治不禁压低了声音："别到这种地方来啊。你的时间很自由，可我是公司职员，跟你不一样。"

"所以我才在午休的时候来访。"

"还有，不要老盯着我同事的脸看！"

丹治提高了嗓门，就像是在讥讽似的。

"噢，抱歉。"八木似乎有些难为情，"我一想到贵公司的人还不知道你过去所做的事，心里就觉得很不可思议。"

"那件事已经被判定为意外了。"

"你这么说的话，就是承认这件事其实是案件喽？"

丹治情不自禁地咂了咂舌，看来是被抓住小辫子了。

丢掉之前那份工作后，正当丹治走投无路之时，不料家里竟托关系给找了份工作。丹治二话不说，立刻就同意了。丹治本以为家里人对自己是毫不关心的，但那个时候自己深切体会到血亲的可贵。就算山田的事情暴露了，当时自己还是未成年，而且现在追溯时效早就过了，所以也不会受到刑事处罚。不过一旦暴露，自己肯定就会在这家公司待不下去了。仅仅是想象着失望的家长、同事和上司的面庞，丹治就觉得后背发凉。

"总之，这里还是不太合适。我们出去吧。"

丹治带着八木前往离公司500米左右的一家咖啡厅。虽然这里能吃饭，但距离稍稍有点远，所以一般不会有同事到这里来。这家老旧的咖啡厅从很久以前就在这里了，放置在店里的电视机取代了背景音乐，所以丹治私下里对这家店很是中意。丹治不太喜欢听爵士或是古典这类死板的音乐，就算放的不是这些，店里播放的那些背景音乐大部分也都是西洋乐曲。即使有歌词，也不知道那些英文歌词是什么意思。

进到店里本是为了吃午饭的，但由于没有食欲，丹治就只点了一杯特调咖啡，不过也不知道自己能不能喝得下。也许是顾及丹治的感受，八木点了同样的东西。

"你肯像这样答应跟我聊天，果然还是心中有鬼嘛。"

"你别误解。就算我什么事都没有做，像你这种人来公司找我，也有损我的颜面——我真的厌烦了，要来的话就来我家啊。社长好不容易才收留了我这个高中毕业的坏家伙，我可不想给他添麻烦。"

八木并没有退缩："这是你咎由自取。"

看到他那目中无人的样子，丹治真想一拳揍上去，不过一旦惊动警察就全完了。丹治一边哆嗦着紧握的双拳，一边压抑着怒火。

"这世上竟然有像你这样的人，就算上了大学，还是会在工作日的大白天像个跟踪狂似的紧咬着别人不放，摆什么破架子。我跟你这种家伙不一样，我可是每天都在勤勤恳恳地工作。"

丹治端详着八木的打扮：牛仔裤配格子衬衫，一副土里土气的学生模样。这家伙除了成人礼以及学校的开学典礼和毕业典礼，会不会穿西服啊？丹治有许多东西需要守护——家人、工作、存款以及其他种种。要是自己不去公司上班，成天过着吊儿郎当的悠游生活，一定会自暴自弃，说不定早就去跟警察坦白一切了。

他们三人确实犯下了罪行，但这份罪孽为什么要由八木摆着架子来声讨呢？丹治真的想大声控诉这种事，真是岂有此理！

"信介长大的话也会勤勤恳恳地工作吧。"八木说道，"我也去找了绪川，他心里想着什么都会写在脸上，坦白只是时间问题。"

"本来就没有什么问题，有什么好坦白的！"

"真的吗？"

"或许你确实看到了有三个人跟山田在一起，但并没有证据表明是那三人杀了山田，而且也没有证据证明那三人就是我们。你太会找麻烦了！"

"你说话的口吻已经完全变成参加工作的那种人了。"

"什么意思？"

"以前见到你的时候，你给我的感觉就是可恶的小鬼头，虽然很抱歉这样说。"

丹治不禁冷笑了出来。什么叫"见到你的时候"？

"从那时起都过了多少年了？十年了！经过这么长的时间，人肯定是会变的。只是因为你没上班，所以才会这样看待他人！"

然而，八木却郑重其事地说："你的本质并没有变，只是装作自己有所改变罢了。只要你不承认杀害信介的罪行，你就永远还是小学四年级的学生。"

他这些话还真是自以为是，不过这都无关紧要。丹治一生都无法忘怀小学时留下的心理阴影。倘若这就是对山田所做之事的惩罚，那自己就只能心甘情愿地接受了。

"你太不正常了。"

"是吗？"

"你是闲得慌吗？就算做了这种事，也一分钱都得不到。还是说，你难道打算爆料给杂志？"

"我怎么可能做这种事。就算是杀人,也已经是很多年前的事了,况且也会有人认为这是小孩子一起玩耍时造成的意外,并没有新闻看点。如果你是名人的话,那就另当别论了。"

"那你为什么要纠缠不放呢?"

八木顿了顿,说:"我不是说过吗?我要为信介报仇。"

丹治认为他要为信介报仇的说法就是个弥天大谎,肯定没错,八木对他们三人纠缠不休是有其他动机的。如果不这么认为,那八木这种热衷做跟踪狂的行为真的让人无法理解。

既不是威胁,又不是要爆料给杂志,可八木还是找到公司来了。他是为了什么?难道真的是为了给山田报仇?

"冠冕堂皇的话就免了吧,没有必要说这种谎话。你出于什么理由把陈谷子烂芝麻的事拿到今天来说三道四?"

八木反问道:"那你欺负信介又有什么理由呢?你们三人不单单欺负了信介,小学的时候你们到处胡闹又是出于什么理由?"

"这……"

丹治一时语塞,没办法给出回答,只得扭过头嘟囔道:"我不知道。"

丹治想说的是,自己欺负弱小和八木威胁他们,两者都是差不多的事。他们不是不懂道理,但那都是孩提时代的事了。儿童的心智和品行还未成熟，这是一个严峻的事实。正是因为不成熟，所以才会有《少年法》这种让他们在犯下过错后改过自新的制度，这是国家所承认的。他们在小学四年级的时候所犯下的罪行只是年幼时的过失。

然而他们现在已经完全长大成人了。如果成年了都还在欺负人，就难免会受到一些非议。可八木又有什么理由非要揭发他们的罪行呢？

"虽然只是我自己这样说，但我确实是个百折不挠的男人。或许你不会坦白，但除了你，还有两个人。隐瞒的人越多，秘密就越容易被发觉。"

八木所言非虚，尤其是绪川，容易暴露他们的秘密。就像刚刚八木所说的，那家伙有点胆小，他也许是为了掩饰自己的胆小才跟他们一起胡闹的。他喜欢看的漫画书类型都跟他们不一样，而且他本来就不是那种惹是生非的性格吧。

山田死的时候，丹治觉得他们三个的人生也完了，然而这起罪行并没有被发觉，他们之后也就老实了起来。不过，之前被欺负的人中，会不会有人要向自己报仇呢？这种幼稚的心理让丹治提心吊胆。

自己被人找碴儿倒也无所谓，如果是对方先动的手，也不会被大人们训斥得那么惨。可丹治还是常常担心绪川会被盯上。他要是一个人的时候被人找了碴儿，究竟能不能处理得过来呢？他生性胆小如鼠，说不定会不顾一切地和盘托出。

"喂，你这家伙！想挑事吗！我会干掉你的哦，就像干掉山田那样！"

丹治想象着绪川咆哮的样子。

"斋木、丹治和我，我们三个杀了山田！"

丹治又想象着绪川在审讯室里哭哭啼啼地坦白。

孩提时代，有勇气向他们三个报仇的人并没有出现，然而长大后，八木却突然出现了。丹治不知道八木是如何动摇绪川的。不过，在绪川露出马脚之前去找他，跟他打一声招呼或许会比较好吧。

八木絮絮叨叨地说着"杀害山田的罪恶感不会让你心痛吗""你没有良心吗"之类讨人嫌的话，然后就准备回去了。离开的时候，他付了自己那部分的钱，说："若是让你请客，那就成了恐吓了。"

只要八木还活着，他们就会一直被纠缠吧。得趁现在想点办法才行。

几天后，丹治久违地与绪川见了面。虽然绪川早就已经离开鹤见去外地生活了，但听说他回了老家，为保险起见，丹治还是决定去会会他。八木已经看穿绪川是个胆小鬼了，所以得提前叮嘱他，让他不要做烂好人。

"不是说好不见面了吗？"绪川说道。

地点是鹤见站西口的KTV。从前，他们只要去KTV就会来这里。虽然他们也光顾过其他的店，但是都倒闭了，所以现在还是去的这家店。

不过，跟绪川单独来KTV似乎还是头一次。丹治想着绪川应该会唱动漫歌曲的，但这次可不是来唱歌的。

丹治给绪川讲了八木所说的话，绪川默默地听着。

"那时我们三个约好了，要把秘密带到坟墓里去。可是八木认为你会招出来。"

绪川没有回答。

"只要你不说，大家就会得救。你仔细想想，现在根本就没有任何证据，只是八木的一面之词罢了。就算八木向警方告了密，我们只要装作什么都不知道就行了。"

丹治等着绪川回话。也许是感受到了无言的压力，绪川缓缓地开了口。

"说不定是个好机会——"

"什么？"

"我现在还会梦到山田。我在想那家伙是不是含恨而死的啊。八木是山田的转世，山田为了复仇便转生成了其他人。"

丹治不禁嗤之以鼻。

"这怎么可能！就算你动画看多了，也得适可而止吧。"

"我们害死山田的那天是成人节吧？山田一定也想长大。八木是在我们成人之后才开始威胁我们的，所以他一定就是山田的转世。"

丹治无言以对。虽然丹治知道绪川是胆小鬼，但没想到绪川竟然胆小到了如此地步。

绪川嘟囔着："无论八木是不是山田的转世，对我来说都没什么两样。我已经忍受不了了，亏你还能这么冷静。"

"明明作了不少恶，事到如今良心开始痛了？"

"作了什么恶？顺手牵羊？恐吓？这些跟山田的事相比都不在一个级别上。听好了，我们一生都会背负着杀人犯的罪名，懂吗？"

"如果一生都背负着杀人犯的罪名，那就算坦白了也还是杀人犯啊。"

"确实如此，但心理负担会减轻许多。"

两人沉默了片刻。随后打破沉闷气氛的人是丹治。

"确实，杀人不是闹着玩的，但是我没有你那么痛苦。如果必要的话，我还会这么干的。对不守约定、背叛伙伴的人，我随时都会把他给做了。"

绪川瞪大了双眼。

"你要杀了我吗？"

"你太不冷静了，所以我会视情况考虑这个选项。振作点啊！如果事态真的很糟糕的话，我们早在还是小屁孩的时候就会被抓了。现在根本没有证据，八木也明白这一点，所以才来纠缠我们。问题只有一个，那就是你的良心。如果你能保持沉默的话，我们都会得救。"

"并不只是良心的谴责。"

"什么？"

"八木给我介绍了一个朋友。对方跟我兴趣相投，性格沉稳，是个好人。我的意思并不是说你们是坏人，而是我也可以有不一样的生活。"

"难道你就是为了见那个家伙才特地坐新干线回来的？"

绪川点了点头。

"平时都是对方来找我，我一直不去也不太好，而且我也想回老家看看了。"

"哦，这样啊。不过你所谓的朋友，反正跟你一样也是个'死宅'吧。八木派那家伙到你身边是想要拉拢你啊！"

"我知道的，但是我希望你能给我些时间。"

"时间？"

"我想一个人思考一下。不过我不会擅自跟八木坦白的，说话算数。到时候我一定会找你们商量的。"

丹治深深地叹了一口气。下次再见到绪川的时候，说不定就必须得杀掉他了。再继续这样下去，小学时所犯下的罪行被人发觉也只是时间的问题。

　　看着绪川那张严肃的脸，丹治也开始认真地思索，杀死绪川或杀死八木，哪一个风险更大。

C 八木追究绪川

绪川没精打采地走在三池公园里。明明还没有上年纪，最近体力却急剧下降。绪川拖着沉重的身体，一步一步地往前迈着步子。

顾名思义，三池公园里有三个大水池。不过看了园内的地图后，感觉就像是一个大水池被两条道路分成了三个似的。三个水池的面积都大体相同，但不言而喻，对绪川来说，山田溺死的那个水池是最特别的。

绪川环视周围。横滨市民们或是在慢跑，或是坐在长凳上兴高采烈地聊着天。公园里应该也有很多毗邻横滨的川崎市民吧。

他们不知道这件事——正是现在有气无力地走在路上的自己，害死了山田。虽然还有两名共犯，但这并不意味着罪责就会三等分。绪川觉得都是因为那两人若无其事，自己才背负着一切。

那两人为什么会若无其事呢？是因为这是儿时的事吗？他们是在想着自己的罪行不会被揭发，只要能平安无事地逃脱制裁就心满意足了吗？绪川可没有这种想法。他们三人可谓作恶多端：他们顺手牵羊、恐吓他人，他们一哄而上，打伤没有还手之力的同班同学。可是这种程度的坏事，只要被大人们训斥一番就会一笔勾销。就算做了更过分的事而因此进了少年院，绪川大概也不会介意，只要赎了罪就能从头再来。正因如此，当时向警察自首，坦白害死山田的罪行，在未成年人保护法下即便不会受到跟成人相同的惩罚，只要负上相应的责任也能够抵罪——道理确实是这样的。

然而这是害死了一个人的罪行，跟之前所作的恶不在一个级别上。只要在少年院或监狱里结束服刑，杀人的罪过就会一笔勾销吗？应该是不会勾销的，不自首才是上策。但是就算想赎罪也已经没有赎罪的手段了，这种煎熬仿佛身处地狱。

回过神来时，绪川已经来到山田溺死的池畔了。池面上漂浮着脏兮兮的像是藻类的东西，池水乌黑混浊，看不到底。山田就是溺死在这种地方，他该多么痛苦啊，一定很冷吧，一定很悔恨吧。只要闭上眼睛，绪川的眼前就会浮现出山田的身影，他在水中挣扎着、拍打着，终于看不到了。

绪川情不自禁地双手合十——他原本并未打算这么做，可双手不自觉地就合了起来——然后咒骂当时的自己：自己为什么会那么粗暴呢？如果那时早点改过自新，现在就不会那么痛苦了。

山田。

原谅我。

原谅我。

原谅我。

口中就像念经似的乞求着山田的原谅，眼泪自然而然地流了下来。绪川做梦也没想到，自己竟然会软弱得流泪，而对象竟是自己欺负过的人。

就在这时，绪川感觉到了什么人的目光，便慌慌张张地分开了手，把脸扭了过去，擦拭着脸上的泪水。一定有人记得这里曾经淹死过小孩，被目击了的话，搞不好事件会被重提，那可就吃不了兜着走了。绪川觉得这样也好。但是，自己到底还是无法自作主张，不跟他们商量。目光的主人还在那里吗？绪川为了确认，便回过了头。

是八木。

对绪川来说，八木就是一个恶魔，他强行撬开了上了锁的箱子，箱子里装有自己小学时代的心理阴影。如果这家伙没出现，那自己就不会变成一个会为自己的欺负对象之死而流泪的弱者。

　　绪川想起了和丹治在车站西口的KTV里的对话。

　　"八木是山田的转世，山田为了复仇便转生成了其他人。"

　　"这怎么可能！就算你动画看多了，也得适可而止吧。"

　　如今，绪川从心底里就是这么认为的，而且这种想法非常强烈：八木果然就是山田的转世。

　　八木满面笑容地过来了。以前跟丹治一起结伴而行时偶遇过八木，八木几乎是愤怒地注视着他们，然后转身就走了，很长一段时间没有再出现过。当时那张愤怒的脸和如今这张温和的脸，究竟哪个才是他的本性呢？

　　"您果然回到这里来了呀。"

　　"只是回一趟老家。你为什么知道我在这里？"

　　"毕竟三池公园对于你们三人来说是很特别的地方。我得空了便来这里看看情况，结果就发现您也在。"

　　"回到老家了，所以就来久违地散下步。你有事吗？"

　　"刚刚我看到您双手合十了。"

　　"因为山田就死在这儿啊。你想说双手合十就是凶手？"

　　"没。毕竟三个人当中，您似乎是最后悔害死信介的。果然岁月会让人变化啊。"

　　"对，我变了。我能够对关系不太好，甚至是被我欺负过的同班同学之死表示哀悼了，所以呢？"

"您后悔了吧？那就到警察局去，这样就能从良心的谴责中解放了。"

两人并排站着，对着山田溺死的水池凝视良久。

终于，绪川嘴里发出了轻轻的笑声。

"怎么了？"

"你真的想让我去警察局？"

"是的。"

八木的语气斩钉截铁。然后，绪川又笑了起来。

"要是到警察局把你所说的害死山田之罪公之于众，你一定会失望的。"

"您为什么会这么想？"

"都过了多少年了？要是想为山田报仇，赶紧去找警察不就行了。可是你并没有。你是在以纠缠我们为乐吧？如果警察介入，你可就没办法玩跟踪狂游戏了。"

绪川在等着八木的反驳，可是他什么也没说。

八木神色忧郁。真想让他尽快消失，甚至还想让他去死。然而，绪川还是觉得有些不可思议的地方，平常他明明会露出无耻的笑容，可一涉及关键问题就沉默不语。没错，这个男的跟他们是同类。他们自己也不是什么好孩子，所以很清楚。

"我是想让你们能够主动些。就算我去找警察，你们也不会被逮捕，毕竟是儿童犯罪，而且案件本身也是有时效的。我想让你们向社会谢罪，然后接受社会的制裁，这是你们所能做的悼念信介的唯一方法。"

八木说的话似乎很有道理。

可是绪川还是无法接受。

"如果你真的目击了山田被杀的话，当时立刻去找警察就行了。这么做的话，凶手一定会被抓住。"

绪川等待着八木的回应，可是他没有做出回答。

"除了你还有谁？"

"什么意思？"

"这些事都是你一个人做的吗？"

八木沉默了片刻，回答道："我以前有跟您说过吧，如果我有什么三长两短，记录着你们对信介所做之事的文件就会公之于众。我有一个熟人是记者，如果我死了，他会继承我的遗志。"

绪川笑了："你有一个熟人是记者？"

见八木神色严肃，绪川便不笑了。

"那他现在还不知道山田的事喽？"

"对，知道你们杀了信介的就只有我。"

绪川冷笑道："我不信。"

"为什么？"

"山田都死了多少年了？我可不觉得你会把这个秘密保守这么长的时间。"

"您的意思是，换作是您的话就会喋喋不休地到处传播？一个人承受确实很痛苦，很想找人倾诉，所以我才想来见你们。那么我先告辞了。"

"等等。"

八木匆忙地迈出了步子，离开了这里。突然出现，又突然离开，真是个可怕的男人。他究竟有什么目的呢？是觉得纠缠不休的威胁只会适得其反，所以这次就放任不管，让绪川自己思考了吗？不对——

八木应该还会现身的，毕竟这男的总是在快要被遗忘的时候就出现。

这时，绪川又感受到了目光。本以为是八木还没有走，便往那边看了看，只见一个女人正目不转睛地看着自己。

啊！是小学时的年级委员——桃香。听说她现在已经结婚，改姓加藤了。

绪川不禁咬紧了嘴唇。由于是在老家，偶然碰到同学也不足为奇。而且这里还是山田溺死的水池，对那所小学的毕业生来说是个特别的地方。绪川为自己喋喋不休地跟八木聊天而感到后悔，不过为时已晚。

"好久不见！"加藤桃香天真地问候他。

"去买东西了？"

看到加藤提着的超市塑料袋，绪川问道。加藤浑身上下都散发着家庭主妇的气息。她小时候是书呆子类型的爱唠叨的女生，坚决不原谅不守规矩的家伙，大家都对她敬而远之。她休息的时候总是读一些貌似很深奥的书，不过人是说变就变的。

"嗯，顺便就到这附近来了，毕竟小时候经常到这儿玩。记得有个暑假作业就是在这里捕捉昆虫，然后写观察日记，真的很开心。不过那件事发生后就没怎么来玩了。"加藤像是在眺望着远方，说道。

"山田的事情吗？"

"对。你也是吧？"

"嗯。"

加藤应该做梦都想不到，眼前的绪川就是元凶。

"山田同学既开朗又阳光，深受大家的欢迎。他家就在附近，所以我也知道他妈妈的事。我现在也会像这样来悼念他。"

绪川冷冷地笑了。不管是什么人，死了以后都会被说成好人，不过这话倒也展现出了她的本性。

绪川还记得放学后的课外活动中曾经开过山田的批斗大会，因为他成绩太差，拉低班级的平均分了，而担任大会主持的正是加藤。

不过绪川已经不记得她当时的发言了，当时没怎么听，而且也是过去的事情了。总之，就权当偶然碰到加藤是一件好事了，因为这让绪川知道了并不只有自己是伪善者。

老实说，绪川想赶快回去了，但还是邀请道："好久不见了，要不聊会儿天？"于是这两个高中毕业生便决定在三池公园附近的家庭餐厅喝茶。

店内正隐约放着动漫歌曲。这是深夜动漫，所以普通人并不知道，但它在动漫当中是有名的作品。绪川把这件事告诉加藤后，加藤大吃一惊。

"你有在看动漫吗？没想到啊！"

绪川不禁苦笑了一下。确实，在加藤看来自己现在仍然是小混混，她做梦也想不到自己会看萌系动漫。

与加藤的闲聊让绪川很是开心，从而摆脱了被八木纠缠的烦恼。跟她这么聊得来，要是小学时跟她再亲近些该多好啊。可是，那时的自己到处惹是生非，她应该也很难接近自己吧。

"斋木、丹治、绪川，你们三个组成的'坏小孩三人组'是很有名的。我跟丹治君也在这儿聊过天。"

把过去的事情搬出来讲，让绪川的心跟针扎似的疼。然而，若是表现出不高兴，那就相当于坦白自己有着那时的心理阴影了。加藤做梦都想不到绪川还会对自己小学时候的事无法忘怀。

小时候所作的恶——顺手牵羊、恐吓、欺凌——随着时间的流逝，并不都会成为笑谈。绪川他们三个还摊上了山田的事，所以更会如此。

加藤看着绪川说："不过，你给人的感觉很沉稳呢。"

"是吗？"

"是啊！以前你一发火就会暴跳如雷地怒吼，很可怕的。你跟丹治在一起的时候不也是那样的吗？"

绪川苦笑了起来。

"到了这个年纪，性格也会沉稳下来。虽然也有人上了年纪反而容易动怒，但事到如今发火也没用了。"

从前自己作恶多端，经常会被不认识的人提醒。无论是男是女，提醒年轻人的很多都是中老年人。

那个时候的自己无所畏惧，就算是年长的人也会毫不顾忌地顶撞，其中还有几次自己明显就是过错方。现在想来自己当时没老实道歉，确实太对不住别人了。

"现在你们三个还见面吗？"

绪川缓缓地摇了摇头。她并不知道个中缘由。

"要是三人聚在一起，感觉又会像小时候那样不知天高地厚，便克制了，不再聚会、捣蛋。初中修学旅行的时候也是，老师觉得我肯定会做坏事便盯上了我，结果什么都没发生，这甚至让老师都有点扫兴。"

久违地见到加藤，自己是不是说漏嘴了啊？这等同于坦白了他们三个人从初中的时候开始就不再见面了。

然而，加藤对这番话并没有表现出怀疑的样子。

"就算你们三个现在聚到了一起也没关系了哦，毕竟都完全长大了嘛。"

加藤的这番话是真的吗？孩子年满二十岁迎来成人礼，就会自动长大了吗？虽然已是这个年纪了，但绪川并没有觉得自己已经长大了。只要不与害死山田的那段过去做好了断，自己就无法长大啊。

"修学旅行是去京都了吧？我好想再去啊。"

绪川开始悼念山田之死，毫无疑问是因为八木到处跟随着他们。八木究竟是不是考虑到了这一点，才出现在他们面前的呢？还有没有其他的理由呢？绪川认为，虽然了解了这一点并不意味着长大，但这会不会就是迈向成人的第一步呢？

A 斋木追究八木

斋木认为，成人礼这种老套的仪式跟自己没有关系，于是便没有去参加典礼，而是想靠着自己的方式随心所欲地成人。从今天起就不用在背地里偷偷摸摸地抽烟喝酒了，这让斋木觉得甚是欣慰。

可是，斋木怎么也想象不到成人节的当天竟然会遇到这种麻烦——八木找上门来了。

八木出现之后，山田那张已经快忘却了的脸庞在斋木的脑海里挥之不去。无论自己上哪儿去，无论自己在做什么，步伐都是那么沉重，就像是山田的亡灵从那个水池里出现，拉扯着自己的双腿不让自己成人一样。

必须尽快想办法了。工作之中，大脑里也时常浮现山田的身影。斋木从事的是高空作业，如果不尽快解除内心的不安，就有可能会酿成无法预料的事故。

斋木决定打破不再与其他两人见面的约定。现在是紧急情况，有人知道他们三个的罪行了。

考虑到三个人突然见面会引人注意，于是斋木便先把丹治叫了出来。斋木和丹治的关系本来就很好，而绪川是之后才加入的，这便是"坏小孩三人组"成立的经过。有事需要商量的话，丹治是更值得信赖的。至于绪川，之后再去找他就行了。

地点就定在上次跟八木去过的那家麦当劳旁边的KTV。虽然频繁地去那家店可能会被店员记住，但至少比去车站西口的KTV撞见熟人要好。

两人用啤酒碰杯，庆祝了久违的再会后便切入了正题。斋木听说八木也来到了丹治工作的地方，还絮絮叨叨地责备丹治。

"开什么玩笑啊！居然跑到公司里来。就因为是大学生，所以瞧不起我们高中文凭吗？可他还不是翘了课来跟踪我们。岂有此理！"

斋木深表认同。

"其实昨天我跟绪川见过面了。"

"真的？"

"嗯。八木那个家伙盯上绪川了。绪川不是很胆小吗？八木看破了这点。毕竟只要我们之中有一个人坦白，那他的目的也就达到了，所以他才想胁迫绪川让他招供！"

"那绪川没问题吧？"

"没问题才怪了！那家伙吓惨了，感觉现在就要向警察告密了。"

"那家伙要是告了密，我俩可就惨了。所以该怎么办？"

"我才想问该怎么办呢！最坏的情况就只能把他给杀了。"

虽然丹治是本着开玩笑的打算说出了这番话，可斋木笑不出来。这终究只是最后的手段，但作为一个选项又不得不去考虑。

"杀谁？八木还是绪川？"

"随便哪个，或者两个一块儿杀掉。"

他们三个所犯下的种种罪行在斋木的脑海中掠过。长大之后回首过往，斋木觉得自己那时确实给大家添麻烦了。然而，当时他们却是抱着半开玩笑的态度，认为自己的所作所为只是玩耍的一部分而怡然自得。当然，山田的事还是做过火了。

斋木觉得，他们三个因同为坏小孩而紧紧地联系在了一起。这又会如何呢？如果坏事将要暴露，就会毫不留情地考虑让对方闭嘴。对于丹治来讲，与绪川是否就是这种程度的关系呢？还是说，丹治是个彻头彻尾的坏蛋呢？

当然，当斋木自己也考虑到杀绪川的这一选项之时，就没有资格说别人了。

"可是现在杀掉八木或绪川会不太妙啊。我们现在已经不适用于《少年法》了，报道的时候也不会采用化名。而且，山田之死已经被认定为一个人玩耍时发生的意外了，成年人总不可能因为这种事死掉吧？警察一定会严加调查的。"

丹治没有反驳斋木的意见，因为只是把心中所想说了出来，所以就没有多加思考。

两人沉默不语。来到这儿明明只过了十分钟，却感觉已经用尽一切办法了。

丹治说："要不要联系一下绪川？"

斋木回答道："可以。"虽然斋木并不觉得这会有什么用，但是没有其他的办法了。丹治用手机拨打了绪川的号码。斋木一边看着他，一边茫然地思考着。丹治跟自己和绪川都能若无其事地来往，然而绪川却对自己畏畏缩缩。以"坏小孩三人组"出名的那会儿，自己跟丹治两个人经常在一起，而丹治也会跟绪川在一起。然而，自己跟绪川却几乎没有单独相处过。

丹治将手机递给斋木，问道："要说几句吗？"

斋木点了点头，接过了手机："久违了。"

"哦，嗯 ——"绪川的声音有些尖细。

"喂，刚刚丹治应该跟你讲过了，你没必要害怕八木。毕竟现在连一个证据都没找到，你只要不说出来就行了。"

斋木在等绪川的回答，可是对方没有回应。

"喂，你在听吗？"

"我有时会去那里。"

很久没有听过绪川的声音了，那声音沉重得就像塞满了铅块似的。

"去哪儿？"

"那个水池。"

斋木不禁无语了。自己从那以后就再也没有踏足过三池公园，丹治应该也是吧。

"你有毛病吧？去那种地方要是被看到了怎么办？那可是在老家啊！有很多人认识我们。"

"已经见到了，一个叫桃香的女生，她家就在附近。"

"哦，那个浑蛋优等生吗？"

"她说她生了孩子，就没去上大学了。她结婚后改姓了加藤。"

"没听说过。"

绪川的意思是她没去大学所以就跟他们是同类了吗？

"你没多嘴说什么吧？"

"没有啦！要是不理睬她又不太自然，所以就跟她聊了一会儿。可是谈到山田时,我好难受啊。杀掉山田的明明就是我们,可我为什么还能若无其事地装出一副与自己无关的样子而聊得火热呢?"

"那你打算怎么办?你说啊!"斋木怒吼道。正是因为看穿了绪川害怕自己,所以斋木才这么恐吓他。

"杀了山田这种迟钝的家伙又怎么了!这是众望所归。现在找碴儿的就只有八木而已。你要因为那家伙白白葬送你的一生吗?"

"问题就在于八木啊!他是怎么回事?纠缠我们是出于什么目的?"

"我还想知道呢!"

"会不会有什么秘密?"

"秘密?"

"纠缠我们的理由。为朋友报仇,会过了十年才出现吗?"

"话是这么说,但既然已经出现了,我们还有什么办法呢?"

"可是……"

绪川吞吞吐吐,犹豫不决。斋木稍微察觉到了绪川是个胆小鬼,但没想到他这么没出息。

之后,绪川也一直在哭哭啼啼地抱怨。斋木觉得再跟他聊下去也没什么用了,便挂断了电话。当然,斋木在挂断电话前也不忘威胁道:"听好了!你可不要屈服于八木,然后就跑到警察那儿去了。你敢这么做的话就试试看！我保证你会吃不了兜着走！"

"那家伙真没用！"斋木对丹治说道。

丹治也无力地点了点头，嘟囔着："我在想，能不能让他死于交通事故啊？"

"绪川吗？还是八木？"

"他们两个！"

确实，要是这两人就这么死了，他们也就得救了。可是，他们又不能去期待这种不可能发生的事情。

"绪川说的话，我有一点很在意。"

"是什么？"

"八木纠缠我们的理由，会不会有什么秘密。"

"秘密？"

斋木点了点头。

"公开八木的秘密，就能抓住他的弱点吗？"

"对啊，谁没有一两个秘密啊。"

斋木和丹治无言地看着对方，他们找到了意想不到的解决方案。

此后，斋木与丹治一同联系了可能认识八木的朋友。"坏小孩三人组"在川崎市也曾与人闹过纠纷，所以也有不少因此而认识的熟人。

唯一的担忧便是当年的旧怨可能会再度引起纷争，必须避免警方介入。然而，大家工作的工作，去专科学校上学的上学，不像小时候那样成天打架了，所以坦率地告诉了他们八木的住址。

八木住在幸区的一处名为小仓的地方，据说是通过走读的方式到高轮町的一所大学读书的。川崎市的熟人给他们介绍了同住在小仓的一个叫松坂的男人，他曾与八木念过同一所小学和中学。于是，斋木便立刻同丹治一起去见他。

两人本打算在附近的麦当劳或是家庭餐厅聊天，但万一要是被住在同一个街道的八木看到可就糟糕了，于是他们决定造访松坂的家。听说他曾经在上班，但由于被上司欺负而患了心病，现在正处于停职的阶段。

原先的鹤见小混混们是因为什么事来找自己？松坂看起来似乎战战兢兢的。斋木心想，松坂工作上的事虽然惹人同情，但如果他在精神上软弱到无法与他们交流的话，那他们可就白跑一趟了。

"请，请用。"松坂颤抖地说着，端给斋木和丹治两杯可乐。

丹治仿佛是在嘲笑松坂畏首畏尾似的，问道："没啤酒吗？"

"丹治。"斋木提醒了一下丹治。虽然看到畏首畏尾的家伙会让人窝火，但又必须适当地配合对方。总之，他们现在有求于松坂。

"我们听说了，你的工作不太顺心。在这种时候不请自来，真是不好意思。"

斋木原本心想最好别在对方伤口上撒盐而惹人不高兴，但要是不随着丹治那蛮横的态度行事又会觉得焦躁，所以自然而然地说出了这些话。

"我虽然是个建筑工人，但无论在哪儿都还是会有让人火大的上司。"

这是骗人的话。包括学生时代的打工在内，斋木从来没有烦恼过人际关系。以斋木的性格来讲，若是有令人火大的上司，那斋木铁定会立刻辞职走人。现在的这份工作坚持很久了，前辈和同事都对斋木很好。这份工作毫无疑问是危险的，所以为了不分散大家的注意力，公司方面也许也留意了不去引发不必要的争端。

斋木觉得自己运动神经还不错，所以比较适合当建筑工人，而且职场上都是些可以交心的伙伴。一想到八木会在职场上到处散播山田的事，斋木就觉得毛骨悚然。为了不让八木破坏掉现在的生活，必须抓住他的弱点。

"你跟八木的关系并没有那么好吧？"

斋木切入了正题。

"小学时作为同班同学倒是说过话，但我们的关系并没有好到可以称作'朋友'。"

也许是因为斋木对他表现出了关心的样子，虽然松坂对丹治还心存戒备，但对斋木似乎敞开了心扉。

"该说他是怪人吗……他老是一个人在读书，据我所知他好像没有朋友。要看看毕业相册吗？"

"不，不用了。对了，你知道山田吗？山田信介。"

"山田？是谁啊？有叫信介的吗？"

"他不是川崎人，是横滨的，听说跟八木在幼儿园的时候就认识了。"

"噢，那个家伙呀！啊，这么称呼他有些失礼了。他是因意外溺水而死的吧？"

"你知道？"

松坂点了点头："我在这附近看到过好几次他跟八木在一起。由于是张生面孔，便问八木是谁，他说是鹤见的山田。山田总是嘿嘿地傻笑，屁颠屁颠地紧跟在八木身后。听闻他的死讯之时，我虽然觉得他很可怜，但还是可以理解的。"

"你的意思是他太迟钝所以才会淹死？"

"唔 —— 该怎么说呢？我撞见他的时候，他有几次差点被车轧到，真的好危险啊。"

看来对于山田的印象，川崎的人也是一样的。

"八木现在还有没有提到过山田呢？"

"怎么说呢……刚刚我也说过，我跟八木的关系并没有那么好，所以我也不太清楚。不过八木应该也不愿意回忆起山田的事吧。"

"此话怎讲？"

"八木岂止跟山田关系好哦，他就跟带个喽啰似的带着山田到处转悠。如果身边有一个比自己差劲的人，那么自己至少会高人一等。八木跟山田来往，就会沉浸在一种优越感之中。欺凌弱小应该也是这个理吧。"

斋木和丹治无言以对。松坂惊奇地盯着两人问："事到如今，你们为什么要打听八木和山田的事啊？"

斋木不知道该怎么回答，做出回答的是丹治。

"八木最近在我们周围出没，对各种事情进行了深入的调查。意外就是意外嘛，但他的意思却仿佛是山田就是被我们欺凌致死的。所以我们才想要调查八木为什么会说出这种话。"

这些话已经触及了事情的关键，这让斋木很担心松坂会不会察觉到什么，但看来这个男人并没有这么聪明。

"结果到头来反而证明了八木瞧不起山田。正是因为八木这样看待山田，所以才认为其他人也在欺负他。"

松坂说完便笑了笑。

丹治也笑了，可斋木笑不出来。

B 丹治追究八木

丹治在医院前的巴士站下了车，环视了一下周围。对面似乎是商店街，但几乎所有店面都拉下了卷帘门。据松坂透露，这里是距离八木老家最近的车站。

这次，丹治瞒着另外两人独自一人来了。八木盯上绪川的目的肯定就是让他们三人之间产生嫌隙，而这就是曝光他们三人罪行的最为直截了当的方法。就算他们这边主动去见八木，那也最好是单刀赴会。若是两人或三人一起去见他，那就会给对方可乘之机。

当初八木现身的时候，丹治对于害死山田一事非常后悔。然而如今，丹治则是后悔与那两人共同犯下了罪行——尤其是绪川。若是一人所为倒还好，毕竟可以独自处理。然而，人数越多，凝聚力就越脆弱，哪怕是没有绪川也好。

山田确实是被他们害死的，不过仔细一想，八木也不是什么好东西。丹治想起了很久以前看的美漫电影中的一句台词："坏人分为两种类型，一种是凭力量与英雄战斗，另一种则是用头脑来谋划策略，而真正可怕的就是后者。"如果这句话是正确的，那么八木就是比他们还可怕许多的坏人。

松坂把八木老家的位置告诉给了丹治。丹治按了门铃，一位中年女性来开了门。她应该是八木的母亲吧。丹治告诉对方想见见她儿子后，不一会儿的工夫八木就出现了。

"你一个人吗？"八木说道。丹治点了点头。

"那我们出去聊吧。"

"只有我们两个你还害怕吗？"

"不是，我母亲在，我不想造成不必要的误解。"

"哼！"丹治说道。八木的母亲或许就是他的弱点，但还不知道怎么加以利用。

八木带丹治来到了超市的美食广场，随便买了些饮料后就坐了下来。

"有什么事吗？"

"没什么事。上回你硬闯我上班的地方，所以这次我就以牙还牙罢了。不过你似乎不是上班族，我就只能到你家来找你了。"

丹治着重强调了"似乎不是上班族"这句话，满是讽刺的意味。八木目不转睛地凝视着丹治，问："你不知道自己的处境吗？"

"什么处境？"

"抓住把柄的人可是我啊，你要是把这点忘了可就难办了。你来找我，不会对我造成任何困扰。"

"真的是那样吗？"丹治揶揄道。

"什么意思？"

"要是你做的事被你妈妈知道了可就惨了吧？所以我才来找你。"

八木没有回答，看来自己是猜中了。

"我去了松坂君的家，他还请我喝了可乐。"

"你向松坂问了我家的地址吗？"

"没想到吗？"

"没，只是太久没有听过这个名字了。"

"可别瞧不起前小混混的人际关系！我的消息网络可比你的庞大多了，立马就能找到认识你的家伙。"

其实消息网络并没有那么大，不过让对方觉得自己更占优势也不是什么坏事。

"正是因为八木这样看待山田，所以才认为其他人也在欺负他。"

丹治听到松坂的这句话后，立刻产生了一个想法，不过当时觉得太过于异想天开便没有说出口。一方面当然是因为松坂就在眼前，但另一方面，丹治觉得这是张具有决定性意义的王牌，不能轻易对任何人说出来。

"杀死山田的其实就是你吧？"

丹治打出了这张王牌。

"你一直都瞧不起山田。你对自己很没有自信，所以带上唯命是从的山田就能让你摆架子，也就是所谓的消除自卑？"

丹治能理解八木的心情，也正是出于这种理由自己才会欺凌弱小。丹治小时候无法客观地看待自己，现在终于清楚是为什么了。

"我自己确实也欺负了山田，但我没有做过杀掉他这么过分的事。你暗地里看到了，便也想欺负山田，于是在我们回去后，你就接着欺负山田，可一不小心却把他杀了——这就是真相。"

丹治本以为八木会反驳，可他只是一言不发地凝视着自己。丹治继续往下说道："三个坏小孩一哄而上，把一个迟钝的家伙给欺凌致死了——世上也有这种事发生。这当然是坏事，但没有什么不可思议的。真正不可思议的是你！为什么过了十年突然出现来威胁我们？那是因为你后悔自己杀了山田。然而，山田死了十年后，你在他的忌日那天完成了成人礼，然后突然想到了一个主意，那就是把杀害山田的罪责推给那三个人，如此一来你的罪恶感就会减轻。"

八木直勾勾地盯着丹治，然后说道："这么瞎扯的话，你竟然也说得出口。"

"怎么，还不快招吗？你也欺负了山田吧。既然你坚持认为我们有罪，那我们也主张是你杀了山田——这才是重点。当时你也在现场，同样也有可能是凶手。你过了这么久才说出来，反而是你更可疑。"

当然，在那种情况下，毫无疑问是他们杀的山田。正是因为有这种自知，他们三个才在山田死了以后老实起来，也从心底害怕声称目击了犯罪过程的八木。

"没有证据表明是我们杀了山田。你也明白这一点，所以才需要我们的自白书。只要取得相应的证词就能够让我们顶罪，这样你就安全了。"

八木"扑哧"一声笑了出来："愚蠢透顶。信介的事情已经被认定为意外了。如果我是真凶，我从一开始就不会有嫌疑，而且也没有理由特地让你们三个顶罪。"

"你有理由。"

"什么？"

"比如你也受人所迫。"

八木的神情立刻就变得严肃了。

"你明明是川崎市民，却跟横滨的山田关系很好。"

"那都是幼儿园时的事了。"

"我并不是说这点很可疑。因为有这层关系在，你一定也跟山田的母亲很亲近吧。你们两人读的是不同的小学，所以要去见山田时一定得去他家。你们从幼儿园的时候就有来往了，那就说明双方的家长也有交情？莫非山田的母亲现在还会来你家？"

八木没有回答。

"山田的母亲估计意识到你是凶手了，因为你跟她儿子的关系很好，所以她才能够察觉到。可是没有任何证据，她又无法当面指认出来。没有办法，她只好决定先纠缠你的家人。这就是她对你展开的复仇和胁迫。"

"就算真的是这样，那跟你们又有什么关系？"

"你还在说这种话吗？正因为你害怕山田的母亲，所以你才来纠缠我们，就像山田的母亲纠缠你家一样。因为你需要其他人来当凶手，不是吗？"

这就能说明为什么八木坚持认为他们三个是凶手却坚决不通知警方了。人是自己杀的，当然不可能去找警察。归根结底，八木的目的就是让三人坦白，然后让山田的母亲得以接受。

"你要是再来纠缠我们，我就要报警了。当然，我也没有任何证据。山田的母亲在怀疑你，要说这是妄想也确实如此，但是也不能否定你杀害山田的可能性。"

"我没有杀他。一哄而上杀害信介的是你们。"

"哦？是吗？不过这都是多少年前的事了？到底你说的对还是我们说的对，如今已经没有人知道了，大家都各占五成的可能性。如果你再这样闹下去，你也会背上杀害山田的嫌疑！"

说完，丹治看了看八木。八木什么都没有回答。

丹治心想，可以结束了，没有必要再跟他说什么了，于是便起了身，从八木面前无言地离开了。这个讨厌的男人应该不会再来纠缠他们了——丹治对此深信不疑。

然而，事实并非如此。

几天后，胆小的绪川带着哭腔打来了电话。

"八木又来找我了，那家伙没完没了的——"

"那家伙……"丹治不禁咂了咂舌。本以为前段时间的警告会让他老实一点，但现在看来他完全把目标锁定到绪川一人身上了。自己倒也能够驳倒八木，可是绪川就难了。

"他是特地坐新干线来找你的？"

"对。"

八木的目的在于让他们起内讧，本以为单刀赴会会比较好，现在看来或许得改变一下想法了。如此一来，人数多的一方就会获胜。

然而现实的问题是，丹治不可能一天到晚跟绪川待在一起以防八木出现。

"我该怎么办？"

"不要理他。"

丹治把在美食广场说给八木听的推理一五一十地告诉了绪川。

"所以八木说不定是为了掩盖自己杀掉山田的事，才把罪责推给我们。"

"道理我明白，但是没有证据呀。"

"有没有证据都无所谓！这跟是谁杀了山田没有关系。重要的是，他也没有我们杀了山田的证据！如果八木要向公众揭发，那我们也不会坐以待毙。虽然我们也会有不愉快的回忆，但这对八木来说也是一样的！懂了吧？"

绪川沉默了片刻，说："山田的母亲——"

"什么？"

"我看到山田的母亲了——就在水池那儿。"

"你还在去那种地方吗？我不是说过让你别去了吗！"

然而，丹治也并不是不理解绪川的心情。

绪川已经不住在鹤见了，虽然花上两三个小时就能回来，但必须乘坐新干线，很费钱，跟随时都能去三池公园的自己是不一样的。

凶手一般都会回到现场。那天发生的事已经在绪川的心里留下了伤痕。如果那天做出了稍微不同的选择，山田说不定就不会死。无论过了多少年，绪川都在心里想象着做出了其他选择的场景。

"她在池畔供上了鲜花。"

"那是自然，那可是她儿子丧命的水池啊。你该不会对山田的母亲感到抱歉吧？"

八木对山田的母亲也有点在意。对于脆弱的人来说，被害人的母亲是应该敬畏的。

"你不这么想吗？"

"想你个头！我时常在想，那个迟钝的家伙是受了怎样的教育啊。所以山田之死也有他妈妈的错！"

丹治如此放言道。因为有罪恶感，所以丹治也知道自己是在过分地说着山田母亲的坏话。

"上了年纪的人才会多愁善感，你还早着呢。振作点！你的人生之路还很长。"

"你竟然还能这么平静，我们可是杀了人啊。"

"这就说不准了。"

"你真的认为有可能是八木杀了山田？你都想说出这种话来脱罪了吗？就算直接动手的是八木，我们也是同罪，不是吗？"

丹治沉默了一会儿，问绪川："你现在是无业游民吗？"

"才不是呢！我现在在弥生的店里工作。"

"在女人的娘家得了份工作？真安逸啊！我跟你可不一样，是正式的员工，若是惹上了奇怪的流言，会给公司和家人带来麻烦的。因为毫无意义的良心而迷惘、吐露一切的人，根本不会有什么出息。没错，说的就是你。"

绪川没有回答，于是丹治抛出了最后一句话："听好了，你要是打着什么歪主意向警方告密的话，我真的会做了你！"

没等绪川回话，丹治便挂断了电话。

C 绪川追究八木

也许是因为现在正值傍晚，山田溺死的水池边没有人在。说不定现在的孩子不同于以往，都不怎么到外面来玩耍了。还是说这里以前淹死过小孩，所以父母便不让他们到这儿来玩了？如果能够防止溺水事故再次发生，那山田就不是白死的了。

当然，绪川并不会那么不知轻重地改变自己的态度。

"她在池畔供上了鲜花。"

"那是自然，那可是她儿子丧命的水池啊。"

绪川好几次回想起这段对话。现在自己手上正拿着从花店买的花束。由于不知道选什么花比较合适，便买了供奉用的菊花。

要是认识的人看到了，一定会感到震惊：从前到处惹是生非、让人束手无策的家伙也会为小学时代的同学之死感到悲伤吗？就连绪川自己也觉得神奇——那时候绪川只会担心自己会不会被警察抓住。然而，如今这种可能性已几乎为零，自己竟然会为山田的事后悔到这种地步。

绪川一边注意着有没有被人发现，一边把鲜花抛到了水池里。

绪川曾经也碰到过山田的母亲供奉鲜花和小孩喜欢的点心。那时，山田的母亲一直对着水池双手合十，这让绪川无地自容，于是立刻离开了。这么想来，自己也是从那时起便开始认真地思考自己所做之事的严重性了。

如果下次再遇到山田的母亲，一定要向她谢罪，要下跪乞求她的原谅。然而，自那以后绪川就再也没见过山田的母亲。

绪川自嘲地想着，认为自己卑鄙无耻。如果真的有心要道歉，在1月15日山田的忌日那天到这儿等上一整天就行了，山田的母亲估计也会来的。

就在这时，绪川感觉到有人在看自己，便抬起了头。

是八木这个到处跟踪自己的胁迫者。

八木露出了不像是胁迫者的温和的表情："您也经常到这儿来啊。"

神奇的是，绪川并没有厌恶的感觉，说不定自己还期望着被八木纠缠。

"我跟您似乎已经来往了不少时间了。"

"抱歉。"

"可是这有什么办法？除了您之外，其他两人到现在也根本没有要悼念信介的意思。"

绪川咬紧了嘴唇，觉着自己已经因被胁迫 —— 抑或是劝导 —— 而屈服了。

"你真的很烦人。"绪川说道，"这么多年来，你一直在说着过去的事。"

"您指的是承认你们三人杀了信介这件事？"

说。

快说出来。

良心再在后面推上一把，这样就能舒坦了。然而，到最后关头绪川却还是打了退堂鼓。

"怎么可能承认。"

绪川的脑海中浮现出了那两人的脸庞。如果背叛了同伴，那这次就会轮到自己被欺负了 —— 以"坏小孩三人组"而闻名的孩提时代所培养出来的心理状态，到现在还继续束缚着早已成人的绪川。

"那为什么要把鲜花抛进水池里？"

"被你这么喋喋不休地纠缠下去，就算没有做过也会觉得山田很可怜。毕竟我欺负过他，这也是事实。"

"原来如此，这就是所谓的连带责任啊。大家都欺负了信介，如果把罪责分摊给大家，那每个人的罪责就会减轻。"

"那你呢？你也欺负了山田，也自顾自地对此感到内疚。通过追究山田之死的原因，你能为自己找到并没有欺负山田的理由，所以才来纠缠我们。我说得没错吧？"

"您还真的是什么都说得出口呢。又是谁说的杀害信介的凶手其实是我呢？那么，谁是正确的呢？"

对于绪川的追问，八木无动于衷。绪川咬紧嘴唇，把头扭了过去。

他为什么会事隔十年才出现呢？这一点绪川无从得知。但无论有什么理由，对于绪川来说，自己年满二十岁之时才出现的八木正是自己良心的体现。

这么一说，绪川想起以前在这儿见过八木后，也碰到了加藤。那次之后，绪川跟她在家庭餐厅里见了好几次面。她并不是小混混的同伴，又跟山田的事情没有关系，只有在跟她聊天之时绪川的心绪才能平稳下来。

"丹治呢？"八木问道。

绪川苦笑了起来。

"没再见面了，毕竟他说过真的要做了我。"

"信介之死也让你们三人的友情产生了裂痕。"

八木一本正经地说。这怎么能轮得到他来说呢？

"一切都变了，没变的就只有你而已。你竟然能像这样牺牲自己的尊严到处跟着我，我对你表示敬意。"

"谢谢。"

"我可不是在表扬你。"

两人眺望了水池片刻。

"从那以后你还跟丹治见过面吗？"

"见过几次吧。就跟你一样，他说要杀了我。若是被你们威胁说要杀了我，那可就不是开玩笑的事了。"

虽然这话令人不快，但绪川也没资格抱怨。

"你也是同类。"绪川嘟囔道。

"哪儿相同了？"

"我们欺负山田确实是事实，但你也在欺负我们。所以你就打算高高在上地指责我们了？"

"您是这么想的吗？"

绪川点了点头："如果不是这样的话，那你早就去找警察了。"

"我没去找警察是因为没有证据，毕竟事情已经过去很多年了。如果您不坦白，那么真相就会淹没在黑暗之中。"

"所以山田死的时候你该立刻去报警啊。"

对于绪川的喃喃自语，八木没有回答。

绪川并不介意牛仔裤被弄脏，一屁股坐到了地上，然后俯身将头埋在蜷曲的双膝里。

"我已经累了，对你也是，对他们俩也是。"

八木轻轻地把手放在了绪川的肩上。绪川多年来一直把秘密埋在心里，非常痛苦。坦白出来就能解脱了 —— 八木应该会说出这种平庸的话语吧，然而八木什么都没有说。

方才发现八木时那种莫名的如释重负的感觉再度从大脑里掠过。

"八木 ——"绪川嘟囔着抬起了头。

就在这时，绪川看到了 ——

就在刚刚发现八木的那个地方。

绪川看到了丹治正对着他们怒目而视。

绪川对这突如其来的状况哑口无言。

"怎么了？"

八木也察觉到了绪川的不对劲，便向绪川的视线方向转了过去。

"啊 ——"

八木的嘟囔与丹治的转身离去几乎是同时发生的。

"刚刚那人是丹治吧？"八木说道。

绪川没能回答，只是脑海里回放着丹治脱口而出的那句话：

"我真的会做了你！"

绪川觉得自己会被丹治杀了。

绪川邀请八木去鹤见站西口的KTV。当时自己就是在这家KTV谈到了"八木说不定是山田的转世"之类的话题，此时此刻自己却跟八木本人在这里，这还真是讽刺啊。

"要不要唱唱歌？"

绪川并没有理会八木的戏谑。

"我要说的是丹治的事。我老是被他跟着，说不定会被他杀掉。"

"您要坦白了，所以他要灭您的口吗？但要是杀了您的话，这次他可就真的会被逮捕了。我可不认为丹治不清楚这一点。"

"这种道理对那家伙是行不通的！"

绪川都快嘶吼起来了。何止是悼念山田啊，这次说不定轮到自己被杀了。

"远走高飞吧，"八木说道，"到丹治不知道的远方去，这样就能逃掉了。"

"我现在都已经住得够远了。"

"还要再远。"

"你让我逃到国外？而且我要是现在逃跑，会被他们以为是在躲你。"

八木笑了："是啊，躲避我就意味着承认我是对的。总之，决定权在你。"

之前被八木威胁也就算了，可今后还要被丹治盯上，一想到这里，绪川就觉得绝望。

"如果——"

绪川在正准备说出口时打住了。

"怎么了？"

"如果说……这就是你的目的？"绪川吞下了原本想说出来的后半句话，改变了询问方式。

"您指的是什么？"

"你的目的不就是挑拨我们三人的关系，让我们自取灭亡吗？"

"我的目的是让信介之死真相大白。如果你们起了内讧就能达成如此效果的话，我也会这么做的。"

八木若无其事地说着。老实说，绪川已经想到了他会这么回答，真正想问的其实是别的事情，只是在开口之前换了问题而已。

刚刚绪川是准备这么问的："如果丹治真的想要了我的命，你会帮我吗？"

为什么会向八木寻求帮助？为什么会觉得八木要帮自己？绪川无从得知，说不定这与刚刚碰到八木时的怀念感有关。况且，要是对八木没有好感的话，自己就不会跟他在这种地方独处了。

都是八木害得他们三个闹僵了。不过仔细想来，无论八木有没有出现，事情迟早都会发展成这个地步。他们三个或多或少都对山田的事有负罪感，而这种负罪感的差距让他们产生了嫌隙，逐渐破坏了三人的关系。

"我一个人跟他们腻在一块儿很不放心。"

虽然这种事对八木讲也是无济于事的，但绪川还是脱口而出。

八木点了点头："我知道的，因为您跟他们两人是不一样的。"

他说得好像什么都懂似的。然而，不知为何，八木的这番话让烦躁的绪川平静了下来。

"如果我能逃离丹治，"绪川告诉八木，"我会告诉你我的新住址。要是不告诉你，你就会觉得我是在逃避杀害山田的罪责，然后四处散播子虚乌有的事。但是我也拜托你，不要跟丹治说我的地址。"

绪川想，如果八木的目的真的是让他们三人发生争执，那他应该会毫不留情地告诉丹治自己的地址吧。然而，绪川觉得八木不会这么做。虽然没有根据，但绪川就是有这种强烈的感觉，一种近乎确信的感觉。

八木答应了绪川的请求。

A 斋木紧追绪川

"绪川那个浑蛋！只能对他动手了。"丹治说道。

这是他们第三次来麦当劳旁边的KTV了。

"动手是什么意思？"

"当然是杀了他！不用去管八木了，我们不把他当回事就行了。可是绪川不行，这家伙总有一天会把山田的事捅破。这跟八木有没有胁迫他毫无关系。"

"我知道你很担心绪川，杀不杀他暂且不论，但我们必须采取些措施了。可是'不用去管八木了'是什么意思？"

"我去过他家了。"

"你一个人去的？为什么没叫我一块儿去？"

"抱歉，不过我觉得一对一地见面会比较好。我的心情你应该也能理解吧？"

斋木思考了片刻。

"完全不理解。"

"我是想保护你啊!"

"这是什么话?好肉麻。"

"绪川的事当然让我不安,但我也担心你啊。我就算变成老头子也绝不会对山田的事有负罪感。"

这毫无根据的自信是打哪儿来的?

丹治没有自信,只是在自己鼓励自己罢了。他们确实害死了山田,不可能没有负罪感。可是如果深陷于这种负罪感中,就会变成绪川那样,所以丹治才硬说自己不会变成那样。

"或许现在是没问题的,但杀死山田的负罪感一定会折磨你。八木就是瞅准了这一点,所以他就由我一个人来处理,你什么都不用担心。"

"你可真是自信啊,你是决定掌握主导权吗?"

"不可以吗?"

丹治说完便笑了,可斋木却没有笑。丹治掌握主导权这件事并不有趣,但现在争论这个也没有意义,有些问题必须尽快解决 —— 那就是绪川。

"你真的要杀了他?这跟小时候不一样了。那起事件看起来像是意外,碰巧没有暴露也只是我们运气好罢了。一旦这次被抓住,人生就真的毁了,懂吗?"

就算没有参加成人礼,自己也毫无疑问已经是成年人了,会受到成人应有的惩罚。计划杀人是所有犯罪中最重的罪行。

"要杀人的话，那还是杀八木更好啊。"

这并非从"绪川是我们的朋友""我们还是有情分在的"之类天真的想法中得出的意见。

"比起绪川，我们跟八木的交集更少，不，可以说是几乎没有。如果绪川死得很可疑的话，我们肯定会被怀疑。"

"喂，斋木，你忘了吗？八木说过，要是他死了，记载着事情经过的文件就会被公布出来。"

斋木沉默了片刻，说："这是吓唬我们的。"

"你凭什么这么认为？"

"他说自己死了以后就会有文件被公之于众，道理我是明白的，但他说得也太含糊了吧？"

"你的意思是，从一开始就没有这种文件吗？"

"那家伙没完没了地逼我们自首也是因为没有证据。也就是说无论他搞什么幺蛾子，我们都不痛不痒。这一点八木自己也是清楚的，所以文件的事一定是他一时兴起编造的。"

"那为什么要杀了八木呢？"

"我只是说要杀绪川还不如去杀八木！我们不清楚是否真的有文件，但可以确定的是绪川要是被杀了，我俩首先会被怀疑！"

"如果有办法可以杀死绪川却不会怀疑到我们头上不就行

了吗？"

斋木觉得把丹治的意见当一回事实在太愚蠢了，便说道："你脑子有病吧！为什么这么想杀掉绪川？"

"这家伙从前就让我火大，明明是个胆小鬼，跟我们在一起的时候却装出一副刚强的样子。你说得没错，明明不用管八木就行了，可他还是担惊受怕的。就算我们能够挺过来，只要那个家伙还活着，总有一天会拖我们的后腿。"

"所以你是出于个人原因才想杀他的？"

斋木能够明白丹治的感受。其实斋木并不是讨厌绪川，只不过他跟丹治刚刚混在一起的时候，绪川才出现。丹治应该觉得这很没意思吧。

"那么，我现在就去找绪川？"

"去杀他吗？"

斋木当然没有打算杀死绪川，但还是跟丹治一起前往绪川家。虽然要避免三个人聚在一起，但如果绪川真的打算自首，就必须说服他别做傻事。

然而，两人并没有见到绪川。

"广司现在出去旅行了。"

绪川的母亲站在大门口，脸上想让他们快点回去的态度一览无余。

"去哪儿旅行了？"

"不清楚，听说是去关西了，行了吗？"

"不行！"

丹治叫道。绪川的母亲明显露出了不悦的神情。

"无业游民再怎么自由，也不可能去哪儿旅行都不告诉你吧？"

"无业游民[1]？"绪川的母亲似乎并没有明白这个单词的意思，"总之二位请回吧，我家孩子已经跟你们没关系了。"

绪川的母亲认为是他们两人让自己的儿子变成小混混的。虽然很出人意料，但若是在这里惹毛了绪川的母亲，今后跟他没法接触可就糟了。

"一般都会把联系方式告诉家人吧？你就不知道他住在哪家酒店吗？"

手机根本打不通，肯定是在躲他们两人。

"那我就明说了，广司离开家之前对我说过不要告诉你们他去了哪儿。你们是敲诈他了吗？"

"怎么可能！"

他们确实没有敲诈，但要是知道了他俩正严肃地考虑着要不要杀掉绪川，他的母亲会晕倒吧。

1　日语原文为プー，是プータロー的略称，说法太简便了，绪川的母亲可能就没明白。

"那为什么要逃跑？我千叮咛万嘱咐让他去报警，但那孩子却离家出走了。如果他有什么三长两短，你们要怎么负责？"

"鬼知道。他要是出了什么事直接死翘翘的话，那可正合我们的意！"

"够了！广司现在步入正轨了！你们别再给他带来恶劣的影响了！"

"步入正轨？胡说什么啊！明明就是个无业游民。"

"丹治，算了！我们走吧！"

斋木本来也想好好说话的，但被绪川的母亲认为是他们两人害得自己的儿子没出息，确实会觉得火大。丹治虽然想再说些什么，但只是狠狠瞪了绪川的母亲一眼，跟斋木转身就走了。

背后传来了绪川家的防盗门猛然关上的声音。

"哪里是旅行啊，这分明就是溜走了嘛。"

"他真的觉得自己会被你杀了吧。你怎么威胁他的啊？"

"忘了！"丹治敷衍地回答道。

既然连他旅行时下榻的酒店都不知道，那就没有办法再找他了。

"莫非他不打算回来了？"丹治说道。

绪川也许认为这样一来就能完美收场了，只有舍弃过去才能让他摆脱负罪感。只要他不被八木说服，那问题就得到解决了。

然而，从方才绪川的母亲的态度来看，感觉绪川只是想要暂时逃避他俩。确实，绪川是无业游民，跟身为建筑工人的自己或是身为公司职员的丹治比起来已经没有什么东西可以失去了，可是斋木并不认为绪川有毅力能够在另外的一片土地上开始全新的人生。

"有没有人知道绪川去了哪儿啊？"

没准真是去了关西，若是谎话未免也太具体了。但为什么是关西呢？或许他有朋友或是熟人在那边吧。

这时，斋木想起了自己前段时间跟绪川通过电话。

"去那种地方要是被看到了怎么办？那可是在老家啊！有很多人认识我们。"

"已经见到了，一个叫桃香的女生，她家就在附近。"

斋木马上给各路人士打了电话，获取了加藤桃香的联系方式。拨通加藤的手机后，对方表示立刻就能见面。

斋木在三池公园附近的家庭餐厅与加藤碰了面。加藤是年级委员，又是优等生。斋木虽然并不是没跟她说过话，但也并不记得跟她有多好的关系。斋木本以为她会去上大学，但听说她高中毕业后马上就生了孩子，成了一位专职的主妇，这让斋木感受到了一种莫名的亲近感。

起先加藤还因为被斋木和丹治叫出来而有些害怕，不过马上就打消了这种念头。

"绪川？我在水池那儿见过他，就是山田淹死的那个水池。他果然还是不愿意回想起同班同学因为这种意外而死吧，毕竟我也有同感。"

"那家伙现在下落不明了，我们正在找他。"

"唔——他虽然跟我提了一下，但我们俩的关系本来就没有那么好。我只是觉得有些怀念过去才情不自禁跟他搭话的，至于他去了哪儿，这我就不知道了。"

"你有头绪吗？无论多琐碎的细节都可以。"

"就算你这么说我也不知道啊——"

加藤满脸困惑。她向斋木讲述了当时跟绪川的谈话内容，主要是聊到了小学时候的事。毕竟两人是在小学同班同学溺死的水池边撞见的，谈论这种话题也是理所当然的吧。

"就这些？"

"噢，好像还说了初中时候的事，去京都修学旅行之类的。绪川说他还想再去一次。"

斋木不由得与丹治四目相对。绪川的母亲说他去了关西。

"你真的觉得他去了关西？"丹治问道。

"不知道啊，说不准——"

斋木给丹治递了个眼色。丹治点了点头，对加藤说："我把电话号码告诉你，你能帮我们打电话吗？那家伙现在正在提防我们，是不会接我们的电话的。"

"什么意思？为什么要提防你们？"

"这——"

丹治不知该如何回答，当然不可能跟她说绪川是觉得自己会被杀掉。

"绪川君在提防你们，这是有原因的吧？你们找到绪川君后要怎么办？不会是要动武吧？"

"不是的。你也知道我们跟绪川是朋友吧？其实是绪川的母亲问我们知不知道他去了哪儿。"

十足的谎言，但斋木预料到加藤不会一一地向绪川的母亲求证。三人关系好是众所周知的事实，所以加藤便没再怀疑了。

加藤当着他们的面给绪川打了电话，绪川立刻就接了。

"那个浑蛋。"丹治嘀咕道。

"是这样，他们两个正在找你，现在就在我跟前，我把电话给他们了？"

加藤看着斋木和丹治，点了点头，然后伸出了手机。丹治几乎是抢一般地夺过了手机。

"绪川！"丹治对着绪川大喝一声，声音响彻整个家庭餐厅，但他立刻又温柔了下来，"之前是跟你开玩笑的。你回来吧，好吗？"

斋木也伸出手想要手机，从丹治手中接过手机时，坐在一旁的中年女性说："请不要在店里打手机。"

想快点跟绪川讲话的焦躁与被提醒的窝火交织在一起，斋木向女客人怒吼道："吵死了！闭嘴，你这个老太婆！"

女客人赶紧移开了目光，店里立刻变得鸦雀无声。

斋木在一片寂静之中向电话那头的绪川招呼道："你现在在哪儿？"

B 丹治紧追绪川

仰望京都站那高高的玻璃天花板，便会觉得头晕目眩。丹治有些恐高，便立刻把目光移回到地面上。中学时代的回忆在脑海中复苏。明明是经典的观光地，自己却是第二次来。

丹治虽然也会去旅行，但跟同龄人相比或许经验尚浅。不过小混混本来就很少离开当地。不仅是丹治，当时的伙伴就算离开了老家，现在也都住在鹤见，并在那里结婚生子。离开鹤见的就只有绪川了，而且还跑到这么华美的观光地来。

知道这件事后，丹治认为绪川几乎就是背叛了他们这些伙伴。绪川屈服于八木的压力确实让丹治坐立不安，于是丹治便从品川站乘坐新干线来了这里。

丹治坐上了出租车，前往打听到的那个地址。那是通往平安神宫¹的神宫道沿线的一家咖啡厅。

观光地的出租车司机很是热情，跟丹治闲聊着"这条街道上的时代祭很有名"之类的话，可是丹治并没有回答。司机觉得这个客人脾气不太好，便没再说话了。

到达目的地后，丹治交了车费便下了车。丹治原本想象着，既然是京都的咖啡厅，店面应该是古色古香的风格吧，可到了才发现店铺的装潢枯燥乏味，就跟高速公路休息区似的。

进入店面后门铃"叮叮叮当当"地响着，女店员朝着丹治说"欢迎光临"。丹治一边喝着普通的特调咖啡，一边等着绪川的到来。

"你真的来了啊？"十来分钟后出现的绪川茫然地说道。

"弥生就是她吗？"

丹治用下巴指了指对面的店员。虽然已有所耳闻，但这还是第一次见面。

"这种女人真的可以吗？"

"'这种女人'是什么意思？"

1　平安神宫：位于京都市左京区的神社。1895 年，为纪念平安迁都 1100 周年，计划部分复原迁都时的大殿。复原工作于 1893 年开始，并于 1895 年完工。神社内供奉着实行平安迁都的第五十代天皇——桓武天皇，和平安京最后一代天皇——孝明天皇。

"能够陪伴你一生的人还有很多吧。"

"我又没有想过要跟她结婚。"

"你在说什么啊？你们都交往了多少年了，还逃到京都来跟她同居。你这就是私奔吗？"

"不是，弥生一直住在这里，只是我主动找上门罢了，才不是私奔。"

"娘家的店就是指这里？"

绪川点了点头。

"你跑到女方家里住了吗？我觉得当小白脸还是有点不合适啊。"

"我才不想被你这么说。我现在正在找同居的房子，住在她家里只是暂时的。"

绪川脸上的表情有点阴沉了，毫不掩饰地在诉说着他不想见丹治。

"你认为我不会特地来京都找你？"

"并不是。你之前说过你在公司上班嘛。"

"公司员工可是有带薪休假的，你这个无业游民当然不知道。"

"不要再无业无业地说个不停了。"

"噢，也对，不是无业游民，而是小白脸。"

弥生在吧台里面担忧地看着他们。丹治知道自己正被弥生看着，便故意大声地说："可爱的加藤桃香很担心你哦，还说最近绪川都没去三池公园了。"

"我跟那女的不怎么熟，只是在家庭餐厅跟她喝过茶而已。"

"真的仅此而已吗？我说啊，你似乎在跟他同居，不过可别看他这样，他的女性关系可是很混乱的哦！"

弥生悲哀地看着丹治。

"别再说了。"

"别说什么？居然还逃到京都来，你就这么害怕吗？"

绪川没有回答丹治的问题。丹治总觉得自己像是在欺负绪川似的，心情都变得沉闷了。

然而，有些事还是必须得说的。

"你要是一辈子都在这儿过，那倒也罢了。不过，不管你逃到哪里，八木都会追上你的。"

"我不是要逃离八木，而是要逃离你们俩，因为你们说过要杀了我。"

"噢，我就知道是这样。"

也许是忍不下去了，弥生这时从吧台走了出来，打断了两人的谈话。

"请不要再纠缠绪川了，拜托了。"

丹治冷冷地对她说："我刚刚也说过，你最好考虑清楚再跟这家伙交往。他身边可是围了一群女生的。"

"我跟弥生已经交往很久了，其间也有段时间没见面。但我最终还是选择了她，凭什么要被你说三道四？"

弥生也几乎不为丹治刚刚说的话所动摇。丹治觉得没意思，差点都要咂舌了。

那天在家庭餐厅打电话的时候丹治试着说服绪川，让他说出他所在的位置，但绪川顽固地没有松口。没办法，丹治只得放弃，跟绪川还是处于暂时联系不上的状态。

告诉丹治位置的人竟然是绪川的母亲。她把电话打到了丹治的老家，丹治还想着是什么风把她给吹过来了，结果是她说她儿子在京都。这也就算了，她还说什么想让儿子的好朋友去打听打听，他是怎么考虑结婚和将来的事情的。

丹治质问对方："你不是狠狠地对我说过不要敲诈你的儿子，不要给他带来恶劣的影响吗？"绪川的母亲则低头认错，说："那件事确实对不住了。"丹治其实并没有原谅她当时的恶言相向，但原本已经放弃了从绪川的家人那儿打听到他的地址，如今此事却成了，丹治觉得自己甚是幸运。

不出所料，绪川就在京都。中学时代的修学旅行之后，他便经常到京都游玩。丹治今天直接来见他，这还是第一次。

"我真没想到你还有独自旅行的兴趣，而且还是京都，就跟女白领似的。"

"这是我的自由。修学旅行是集体活动，所以没办法去自己想去的地方。"

山田的事情发生之后，三人都相互断了联系，直到八木出现为止。虽然也有许多诸如修学旅行之类的同行的机会，但他们三人还是分开行动，甚至连提防着他们的老师都没了兴致。

当然，在已经分配好的小组中同组员游览各处名胜实在是可笑至极，丹治便跟其他班级里合得来的同学一起在京都的街道上散步。毕竟惊动警方自然是不好的，丹治凭此也巧妙地回避了与其他学校的那些人打架的愚蠢行为。

"我明明跟她说过不要把我的位置告诉你们。"

绪川埋怨着自己的母亲。

"就算你妈妈不说，也总会有其他人告诉我你在哪儿的。我们很担心你啊。"

"不要再管我了。我想把山田的事和你们的事都给忘掉。"

"你还真敢说哦。算了算了，你很优秀！不过我们可是没法放心的。要是组建了家庭，你会被八木钻空子的。毫无疑问，最让人不放心的就是你了。"

"我不可以组建家庭吗？那凭什么你就可以？"

"我就是可以！"

丹治看了看弥生，她正提心吊胆地关注着两人的情况。

"不好意思，你能回避一下吗？有客人来了我会接待的。"

虽然绪川这么说了，但弥生还是闹了会儿别扭。

"可是我很担心你嘛。你的家里人或亲戚不会又要来带走你吧？你的表哥之前还来过呢。"

"那都是过去的事了。我已经成年了，父母或亲戚不会再对我说什么了。不过丹治可就另当别论了，这家伙又不可能对我和你的交往说三道四。"

"你们的谈话要是被我听到了就会不太妙吗？"

"喂喂，你也知道我小时候可谓作恶多端。我跟当时的同伴还没有划清界限，他们说我要是想退出就得做个了断。放心吧，倒也不至于切手指什么的，不过也还是要做好被剃光头的心理准备的。"

绪川说完便笑了笑。

"真的？"

"嗯，真的。"

弥生看着丹治说："没骗我？"

虽然确实是骗她的，但弥生似乎误解了丹治和绪川的关系。绪川安抚了弥生，弥生来回地瞪了瞪丹治后便往店铺深处走去了。

"我知道你在想什么了，你是在羡慕我。"绪川说道。

"什么？"

"只有我一个人离开了鹤见。你知道为什么暴力团离不开当地吗？那是因为他们害怕在全新的环境下构建全新的人际关系。那些家伙几乎都没上过大学，就算来到了城市也没办法到好的公司里上班。与其在城市里失败，还不如在当地一事无成，至少还有过去的伙伴能让自己宽心。毕竟留在当地的话，小时候的等级关系还是会原封不动地保留下来。正因为如此，你才想要把我带回鹤见去，你需要一个能够颐指气使的人。我已经厌倦这种关系了。"

"真是如此吗？其实是会回想起山田的事吧，所以你才逃离了鹤见。"

"老是鹤见鹤见地说个不停，你的意思是暴力团要通过这种方式凸显自己对故乡的热爱吗？总之，要是我跟弥生分手了，那都是你害的。"

"关我屁事！这些事根本无关紧要，只要你别对八木说山田的事就行了。跟弥生结婚并在这里生活，这是你的自由。不过你也没有勇气斩断与鹤见的一切关系吧。"

"无论是在这里生活还是回到鹤见，我都不会对八木提起那件事的。"绪川的口吻出人意料地铿锵有力，"我确实觉得我对山田做了不好的事，但我也不会因此就白白浪费我的人生。"

"你真的这么想吗？"

"对！"

丹治突然觉得，既然绪川为了和弥生在一起已经做好如此的精神准备了，那倒也可以相信他。不过这根本不有趣，绪川竟然瞒着自己和弥生这个女的交往，而且干脆还独自一人逃离了鹤见。本以为绪川是个胆小鬼，但他开辟出了自己的人生，丹治自己对山田的负罪感却如淤泥一般沾满了全身。这种负罪感自从小学四年级的成人节那天起就一直束缚着丹治。看着克服了负罪感的绪川，丹治再次意识到了这一点。

"没劲。"

丹治站了起来，抛下这句话后便离开了咖啡店。

"真没劲。"

丹治没有心情观光，便在京都站前的酒店开了间房，横卧在床上。原本想要低楼层的房间，可还是不甚如意，住到了八楼。算了，只要一直拉着窗帘倒也没什么问题。

"那个浑蛋。"

山田的事已经在脑海中烟消云散了。丹治追绪川追到京都来了，只是单纯地因为他瞒着自己奔向了新生活而感到火大吗？

绪川所言非虚：小混混出不了当地。无论是以前还是现在，自己工作的地方都在鹤见。丹治认为这是理所当然的事，自己从来就没有动过想要搬到其他街道的念头。成年人已经可以住在自己喜欢的地方了，只要租金合适，搬过去就行了。

　　然而，丹治原本就没有想住的街道，他无法想象自己能够住在鹤见以外的地方。小时候到处惹是生非的自己，就是现如今自己的全部了。那时自己能够随心所欲，大家都害怕并吹捧自己，只要继续住在鹤见就能一直体会这种舒适的感觉。然而，在其他地方开始生活后，他立刻就意识到，自己既没学历又没教养，也做不了一本正经的工作，小时候的等级关系在鹤见以外的地方一无是处。

　　绪川离开了鹤见并在京都开始了生活，这远比自己要强大。

　　丹治冲动地拿出了手机。

　　绪川以前说过，八木是山田的转世。如果八木再没完没了地追究下去，绪川会有多害怕啊。就算绪川把一切都招了，案子本身发生在儿童时代，是不可能被判为刑事案件的。可是，弥生这个女人要是知道了山田那件事，一定会嫌恶绪川的。

　　丹治思考了片刻，想到自己曾经向松坂打听过八木的事，于是便拨通了松坂的电话。

　　"喂？"

　　看到是未知来电，松坂透露出了些许戒备。

　　"你还记得我吗？我以前来找过你，当时你还请我喝过可乐。"

"可乐？噢，噢，我想起来了。"

由于是过去的事情，松坂没能立刻回想起来，但知道是谁后，说话的声音立刻明朗了起来。丹治第一次见他的时候他正在停职，现在他在做什么呢？若还是在停职就尴尬了，于是丹治便没有过问。但从明朗的声音中能感觉到，他的精神状态应该很安定吧。

"抱歉又因为八木的事给你打电话。你知道他的联系方式吗？"

"噢 —— 说老实话，小时候我跟他并没有那么亲近，根本没再见过了。不过我倒是认识一些可能知道他联系方式的人，要我去问问吗？"

"谢谢。"

丹治挂断了电话。过了十分钟后，松坂打了过来。

"好快啊。"

"嗯。第一个联系的人就知道八木的电话。不过他说已经很长时间没有联系过了，不知道八木现在还用不用这个号码。如果打不通，你再打电话问我吧。"

"谢谢，我一定会请你喝茶的。"

"喝茶？"

松坂怯生生地问着。他是理解成被局子盘问之类的意思了吧。丹治觉得被误会可就不好了，便嘻笑道："是约会啦。"

挂断松坂的电话后，丹治拨通了松坂告诉自己的号码。

"喂？"

听筒对面传来了八木的声音。

C 绪川被两人紧追

　　看到八木乘坐着京都站那长长的自动扶梯下行的身影，绪川的心绪竟然很平静，那感觉仿佛是见到了久违的友人。这么想来，自己回到老家，在三池公园撞见八木时也觉得如释重负。这家伙一开始明明令人嫌恶，可自己的心境是何时产生变化的呢？

　　自己应该是想见八木的吧，所以才硬把他叫了出来。绪川虽然不太习惯京都站那高高的天花板，但还是抬起了头，一直注视着缓缓下行的八木。

　　"谢谢您特地来迎接我。"八木从自动扶梯上下来后说道，"平时都是我在叨扰您，今天却是您来招待我，这让我甚感欣慰。"

　　"我才不是来接你，只是因为你四处转悠会让我觉得不好办，所以才来监视你。"

这未必是谎话。在京都开始生活后绪川就认识了越来越多的人。尤其是撞到弥生的话，还真不知道她会说什么。

"不过啊，您竟然会在京都生活，感觉是适得其反呢。"

绪川并未理睬八木的玩笑话，问道："你是休了年假过来的吗？"

"年假这种事跟我又没关系。"

"你这种生活状态跟学生似的，还真是轻松啊。"

原本绪川打算狠狠地挖苦八木，然而对方并没有心生不快。也是啊，要是每次都因这种讽刺而愠怒，是没办法去胁迫他人的。

"话说回来，您已经决定要逃到哪儿去了吗？丹治恐怕是知道您的住处的。"

这种事就算八木不说，绪川也明白。自己一直被丹治穷追不舍，继续这样下去，向他妥协也只是时间的问题了。

"很难啊。若是独自一个人倒还能一身轻松。"

"这样啊……"

"你订好酒店了吗？"

绪川强行转移了话题。八木点了点头，说出了车站前一家酒店的名字。这家酒店很有名，绪川也曾住过。

"要不要去观光呢？"绪川开玩笑道。

"不，我是想跟您谈一谈才到这儿来的，其实当日往返也是可以的。"

"那就到那家酒店的房间里谈？反正我不介意。"绪川进一步开玩笑地说道。

"算了，我们还是找一家咖啡厅吧。"

听到"咖啡厅"这个词，绪川脑中立刻浮现出了弥生的店，但若是带八木上那儿去，事情又会变得复杂，所以便随便找了家车站前的咖啡厅。店面颇具现代化的风格，跟京都站一样铺设了玻璃墙面。这是国内随处可见的连锁店，但八木并不介意。

"你都特地到京都来找我了，今天就由我请你吧。"

"那我就感谢您的好意了。"

绪川顺便也点了蛋糕。八木并没有说"我不想被当成在恐吓您，所以还是自己付"之类令人讨厌的话，说明他跟自己一样也成长了。

两人选择了最里面的座位，以便不引人注意。

"所以你想谈些什么？"

"您刚刚说我申请了带薪休假吧，我觉得最好还是明确地告诉您我在做什么工作以维持生计。"

"是在打工吧，我可不觉得公司的员工会有你那种敏捷的行动力。"

"我确实没在公司上班，但也并不是通过打工来维持生计。"

"哦？是吗？"

"这份工作也解释了我为什么会时不时地出现在你们面前。"

八木从自己的包里拿出了名片夹，双手递给绪川一张名片。绪川想起了在公司上班的礼仪，便也反射性地用双手收下了。

名片上写着：浦贺和宏。名片上虽然也用很小的字写着地址和电话，但并没有写明职位。绪川注视了一会儿名片。拿出其他人的名片，他这是有什么打算啊？

"我还以为这是你的名片。"

"确实是我的。"

绪川一头雾水地来回看着名片和八木。把名片翻过来，背后也只用英文写着名字和联系方式，没有其他的信息了。

"你在开什么玩笑？"

"这是我的笔名。我决定开始写书，所以便直接来拜访您了。"

绪川再度来回地看着收下的名片和眼前的八木。

"真的吗？"

"在川崎市，京急线会通往浦贺站。我去奶奶家时需要乘坐这趟电车，所以有种熟识的感觉。此外，我也喜欢松本清张[1]的《砂器》，便从登场人物里的'和贺英良'中取了'和'这个字。我总觉得浦贺与和贺很像。"

虽然绪川没有问八木，但他还是流利地讲述起笔名的由来。应该是被问到过好多次了，便习惯了吧。

绪川当然知道浦贺站，但是"松本清张""砂器"听起来就跟咒语似的。

"'宏'是取自我父亲的名字。我虽然并非写实类的专门作家，但若是以真名活动，我的身份就会暴露，这样会影响我的采访工作。"

"所以你是作家老师吗？"

"我不知道自己称不称得上'老师'这个称谓，但姑且算是吧。"

"从什么时候开始的？"

"第一次见面时我还不是。我在你们面前消失了一段时间，那是因为我忙于写小说，没时间来找你们。"

绪川无语了，一时半会儿说不出什么话来。说起看书，绪川从前就只看过漫画，虽然在必要的情况下也会挑着工具

1　松本清张（1909—1992）：日本小说家，生于福冈县小仓市。1950年发表处女作《西乡钞》。1952年发表《某〈小仓日记〉传》并因此获得芥川奖。1956年后陆续发表了《点与线》《零的焦点》《眼之壁》《砂器》等推理小说。作品注重剖析犯罪的动机，探讨了社会现实，开创了"社会派推理"。

书里的重点来读，但并不是自己主动乐意去读的。他是有名的作家吗？就算如此，作家不是艺人那种得露脸的工作，而且八木也从来没有提起过他自己的事，所以绪川当然不可能察觉得到。

这么说来，八木曾说过他认识一个记者。一开始绪川还以为是个玩笑话，但既然是作家，那说不定还真有这方面的人脉。

"真的是作家吗？"

绪川嘀咕着。那声音太小了，八木都没有听到。绪川曾经怀疑过八木是作家，但当时立刻就否定了这种可能性。

绪川认为这不可能是谎话。就算是为了骗自己，也没有必要特意制作这种名片。况且，要是真想骗自己，那也有更多像样的谎话可以编造，不至于谎称自己是作家。

"你就是为了给我名片才来京都的吗？"

"我是为了跟您保证自己不会再紧跟着你们了。草稿已经完成了，之后只要写出来就行了。"

"你要写山田的那件事吗？"

"您是个杀人犯，认识杀人犯的机会可不多。而且您跟另外两人不同，到现在还在为杀死信介一事后悔。您这种ambivalent的性格着实有趣。"

"ambivalent？"

"就是乍看之下针对一种事物抱有相互矛盾的感情。"

一开始绪川是想让他说日语的，可对方用日语解释了绪川也还是没能明白。

既然自己现在深受负罪感和后悔之情的折磨，那从一开始不这么做就好了。可是事到如今，回首过往，当时他们狠狠地欺负山田，就连他死了也无所谓。如果不欺负他，自己的冲动就不会平息。当时的绪川并不知道，如果不犯下罪恶，想做出幼稚的暴力行为的冲动就不会停止。山田正是这种冲动的牺牲品。

"你也给丹治名片了吗？"

"没有，我只给了您。我觉得若是随便见他会给您添麻烦。"

"添麻烦？"

"比如他跟踪我，然后来见您。"

"你想多了。那家伙知道弥生的店，没必要做这种事。"

"噢，弥生小姐呀，我听说过。"

就在这时，绪川感受到了什么人的目光，于是不经意地转向了那边，然后当场就呆住了。

隔着玻璃墙面看着绪川的正是刚刚谈到的弥生。她站在道路上，目不转睛地凝视着绪川，脸上流露出不信任的神情。

顺着绪川的目光，八木似乎也注意到了弥生。

"这是哪位？"他问道。他并不知道弥生长什么样。

绪川看着弥生，向她传递着"你打算做什么"的神情。只见弥生快步走进了咖啡厅，停在了绪川和八木的座位前，眉头紧锁地说："你们在鬼鬼祟祟地谈些什么？"

"这是我们之间的事，与你无关。"

"怎么无关！我已经受够了！你们到底在隐瞒些什么！"

绪川当然不可能跟她说实话，可也不能继续这样下去。咖啡厅里的人们全都把目光投向了这边。如果单纯被人认为是因感情纠葛而吵架倒还好，但引人注意还是不太合适的。

就在这时，八木说道："不好意思，请问您是绪川的熟人吗？"

绪川暗叫不好，弥生立刻激动地说："这跟你无关！"

店员赶了过来，但慌慌张张的，不知道该怎么处理。八木迅速给店员使了个眼色，然后从包里取出一本书交给弥生，说道："我在写小说，是来京都采访的。偶然得知了旧识绪川就住在京都，便前来拜访了。"

弥生反射性地收下了书。

"这是我写的书，就送给您了。您是弥生小姐吧？"

自己的名字突然被叫到，让弥生对八木的困惑之情越发强烈了。她如厉鬼似的看着绪川，认为是绪川把她的事情随意说给了八木听。

"我听说您是京都人，方便的话能否做我的向导呢？我不爱出门，不太熟悉旅行的事。"

绪川向八木递了个眼色，微微地摇着头，向他暗示不要太得意忘形了。

"恕我拒绝。"

弥生的怒火似乎已经平息了。她拿着书，离开了咖啡厅。店内暂时安静了一会儿，随着时间的流动又逐渐恢复了喧嚣。

"刚才的书是？"

"那是我写的小说。我带了一本来，本打算送给您的，但刚刚那种情况下要是不那么做就安抚不了她了。我回去后会酌情再给您寄上几本。不过，这没关系吧？"

"发生了太多事了，好多事男人都不会明白的。"

绪川敷衍了过去。

八木这种人是绝对不在自己的交友范围里的。绪川现在算是明白了，八木全身上下都流露出小说家这种富有知性的职业气息。八木的大学文凭让绪川很不爽，这其实也是出于忌妒。像刚刚那情况，若是自己来处理肯定就会对弥生动手了，然而八木却顺利地平息了事态。

如果自己也是八木这种人的话，在害死山田之前应该能够和平地解决问题吧。怀抱着这样的想象，后悔的情绪折磨着绪川的内心。

A 斋木担心造访绪川的人

　　斋木抱膝坐在山田溺死的那个水池前，臀部隔着牛仔裤都能感受到地面的冰凉。斋木自己都不知道为什么会做出类似于绪川的举动。若是跟绪川做同样的事，说不定就能够像他那样离开鹤见吧。

　　"哼，"斋木说道，"没劲。"

　　嘀咕完后，斋木便将地面上长出来的野草掐碎了抛进池子里。

　　同伴中也有人离开了老家独自生活，而且还有结婚的。加藤倒不算是同伴，但她都当母亲了。虽然这让斋木感到焦躁，但冷静地思考一下，自己还是刚迎来成人礼的二十岁，就算是待在老家不出去闯荡，二十岁这个年龄也还是有的拼的。

　　绪川是因为胆小才离开了老家。他只是被突然出现的八木吓到了而已，所以才逃走了。斋木觉得自己没有必要焦虑。绪川离开这个镇子后，就不用担心他会向八木坦白罪行了，这样挺好的。

事情就是这么简单。

没错，确实如此。

这时，手机响了。是丹治打来的电话。

"喂，怎么样了？"

"也没什么，那家伙真的在京都。"

"和女人在一起？"

"对。"

"真没劲。"

"对啊，确实没劲。你打算怎么办？"

"什么怎么办？"

"要不要来找我？"

"你还在京都吗？"

"嗯。"

斋木思考了一会儿，回答道："算了，只要绪川不拖我们后腿就行。你要跟他说好，让他一辈子都待在京都，这样我们也就不用愁了。"

"好吧，我知道了。"丹治似乎有些消沉。

"怎么了？你想让我来京都吗？"

"修学旅行的时候我们是分开行动的吧？我跟其他人逛了金阁寺和二条城，若是跟你一起的话应该会更开心。"

"你在说什么啊……真肉麻。"

"可是道理就是这样的啊，我还是想跟关系好的朋友一起去旅行。"

朋友吗？小时候是为了胡闹才跟丹治和绪川结伴而行的，山田那件事发生后就几乎不再跟他们见面了。具有讽刺意味的是，斋木这时才意识到他们是自己的朋友。

然而，斋木还是说道："算了。"明显能感觉到电话那头的丹治更加沮丧了。

"我确实跟你一起去过绪川的家，不过现在想来，那时要是没见面就好了。就算我们三个人之中有人打算向警方告密，你觉得那个人会突然去见警察吗？肯定会先跟另外两人商量嘛。"

"大概是吧。"

"也就是说，如果三人不见面，就不会有人去向警方告密。"

"是吗？"

"是的。我们若是去绪川那儿说服他，让他别向警察告密，肯定会起反作用。"

"可是八木很难缠啊。"

斋木心想，八木的执拗究竟源自何处呢？他的目的不会真的只是给死去的山田复仇吧。

"你暂时会待在京都吗？"

"不，带薪休假明天就结束了。"

"好吧。"

斋木的声音里明显地透露出了闷闷不乐之意。只要发出这种声音，便能够操控丹治了。

"怎么了？"

"八木盯上绪川是因为在我们三个之中他看起来最容易沦陷，他一定会认真地说服绪川，说不定还会把自己真正的目的说给绪川听。"

"啊，有这个可能！"

"对吧？如果我们知道了八木真正的目的，那他今后对付我们的方法也会改变。"

丹治似乎来劲了："那我回去前再去见一次绪川吧？毕竟那家伙仍然是我们的同伴。我会跟他说，如果八木来了，至少要套出他的真心话。"

"那就拜托你了。"

"包在我身上。"

斋木挂断了电话，心不在焉地嘟囔道："京都啊……"

若是去京都散心，心情一定会变得很好。不过，斋木还是迟疑了。三人聚在一起与过往对峙当然会让人感到害怕，但原因却不仅仅在于此。

害死山田后三人不再见面的那段时间里，斋木一方面后悔自己做了伤天害理的事，另一方面又有些如释重负。

一个人或是两个人都是无法胡闹到那种程度的，可三个人就很绝妙了。大人会把他们当小孩看，尤其是小学四年级学生，在大人眼里只是小屁孩罢了。但是大人们想错了。他们年满十岁，有了自我意识，从而开始反抗大人，也萌发出了对异性的兴趣。他们各自的不能被满足的欲望会煽动另外两人，那暴力的永动机宛如转动的车轮一般永不停歇。打破窗户、顺手牵羊、欺凌弱小，这些都让斋木感到不安：再继续这样下去，自己会不会就像脱缰的野马一样坠入悬崖呢？

车轮轧到了山田，终于停了下来。可是八木却出现了，三人之间又逐渐产生了凝聚力。若是三人聚在一起，本应在孩提时代就终止的暴力的连锁反应就又会重演了吧。要再度终止这个连锁反应，会不会又需要山田这样的牺牲品呢？

斋木临时决定去鹤见的车站。斋木去车站的大多数时候都是跟伙伴去KTV，或是在熟人经营的店铺里坐坐。然而，今天的目的地却跟斋木自己毫无关系——那就是书店。

"您知道陀思妥耶夫斯基的《罪与罚》吗？主角是一个杀

死了放高利贷的老婆婆的男人。如果您还没有读过的话，我推荐您读一下。我想这一定能启发您今后应该做出怎样的选择。"

斋木并非盲信了八木的话，只是觉得如果读书真的能获取一些提示的话，那也是可以试试看的，反正自己也想不出什么名堂来。

斋木前往车站大楼里的一家书店。应该是第一次来这里吧？斋木进了书店就觉得丈二和尚摸不着头脑，于是找到了店员，询问道："陀夫妥耶夫斯基的书在哪里呢？"

店员直勾勾地盯着斋木的脸，说道："是陀思妥耶夫斯基吧？各个出版社都有出文库本，您想要哪一家的呢？"

"随便，你推荐一家就成。"

店员的表情稍微有些紧绷，即便如此还是保持着笑容，真不愧是服务行业的。店员带着斋木来到文库本卖场的一角，这里摆着看上去有些难懂的像是文学一类的书籍。

"这里的文库本是最近刚翻译的，字也很大，便于阅读，很受大家欢迎。"

"谢了。"

斋木道过谢，支走了店员，取下八木所说的《罪与罚》，"唰唰"地翻了起来，然后便愕然了。

斋木已经做好了自己将看一本没有任何插图的书的准

备，但那小小的文字还是让人惊讶。竟然这都可以说是"字很大"，那其他文库本里的字就是跟米粒似的排着的吧。斋木觉得自己没有信心能读完，便将手里的书放回了书架。

"被人看扁了！"

八木那家伙是知道自己不怎么读书才做此推荐的。来到书店完全是白费力气。

斋木在书店里闲逛着。跟丹治一样，斋木平时只看格斗漫画或黑帮漫画，而只有绪川会看那些"御宅族"似乎会很喜欢的萌系漫画。斋木心想，萌系漫画会好看吗？不过，跟小说比起来，难度当然会低上好几百倍。

斋木来到了平装书的书架边。这些书比文库本要大一点，配色有些花里胡哨的。有些书的封面画有萌系的插图，这些书被称为"轻小说"。乍看之下是漫画，其实内容却是小说，可谓设置了陷阱。斋木被骗了好几回，所以是知道的。

斋木凝视着书架，架子上的书是按作者的姓氏顺序排列的，依次是：赤川次郎、绫辻行人、有栖川有栖、岩崎正吾、井上梦人、今邑彩、歌野晶午、内田康夫……

这时，电话响了，又是丹治打来的。斋木从"う"[1]列中抬起了头，接听了电话。

1　作家是按照姓氏第一个字的五十音顺序排列的，歌野的"歌"和内田的"内"即是"う"行的。

"喂？"

"哎呀，不好了！"电话那头传来了丹治的叫喊声。

"怎么了？你的声音太大了！"

"绪川又不见了！"

"不会吧？！"

斋木叫出声来，音量不逊于丹治。店内的人都齐刷刷地往这边看来。大家的目光让斋木很是火大，但要是再像上次在家庭餐厅一样怒吼的话可就麻烦了，斋木便在众人的注视之下离开了书店。

"怎么回事？"

"那家伙跟一个叫弥生的女人在一起。我被她骂了，她说什么'你们这些家伙在欺负绪川，我也不知道他去了哪儿'！"

斋木沉默了一会儿，说："他不会是劈腿舞伎了吧？"

"现在哪儿有什么闲心开玩笑！那家伙在哪儿晃荡都是他的自由。弥生有点在意，便跟踪了他，结果却发现他在站前的咖啡店跟一个男人见面。"

"不是你吗？"

"是在见了我之后！听说还是个很认真的家伙。"

斋木又沉默了，然而这次却不是为了开玩笑。

"是八木吗？"

"应该是的。没错，那家伙瞒着我们见了八木。"

"那个浑蛋！"

虽然斋木计划着让绪川套出八木的真心话，但这建立在绪川是他们的同伴的前提之下。绪川若是擅自行动，他们就无可奈何了。

"喂，该怎么办？"丹治叫嚷着。

斋木第三次陷入了沉默。

"该怎么办啊？"

B 丹治担心造访绪川的人

    丹治决定再去一次弥生的店里。自己一时冲动，给了八木说服绪川的机会。绪川应该是不愿意失去弥生的，而弥生则不太信任绪川的过去。换言之，八木应当见的并非绪川，而是弥生。八木迟早会接触弥生。丹治对绪川跟女人开始了新生活并不感兴趣，但冷静地思考一下，绪川的毁灭也就意味着自己的毁灭。为了在八木来京都之时做好准备，现在得事先商量一下了。

    可是绪川不在店里。据弥生透露，绪川说要去见朋友后便匆忙出门了。她疑心绪川是不是出轨了，便跟踪了他，结果却发现绪川在车站前的咖啡厅里和所谓的朋友会面。对方并不是女人，所以她也没有怎么追究就回去了。

    "这儿离京都站还是有一段距离的，你就跟电视剧里演的一样跟踪了他？"

"因为你说了那种话嘛——"

"哪种话？"

丹治思考了片刻，想起昨天来的时候跟弥生提起过绪川的女性关系很复杂。丹治这类人来店里说了那种话，弥生当然会起疑心了。

"我以为他是去见你了。"弥生满脸惊讶。

丹治本能地认为，绪川见的人就是八木。

这完全是自己的责任。告诉八木有弥生这号人存在，一方面是因为京都离川崎或鹤见都很远，另一方面也是因为觉得八木不会这么轻易就过来。但是转念一想，自己昨天坐新干线过来也只花了两个小时。虽然也预订了酒店，但当天往返完全是可能的。

"离开咖啡厅后他去了哪儿？你有头绪吗？"

"没有！"

"太大声了，别吼嘛。"

"刚刚跟绪川君在一起的人是你们的熟人吗？"

"是一段孽缘。"丹治只能这么回答道，"你跟绪川一直在一起吗？"

"你什么意思？"

"我知道他是什么货色，他可不会一直待在一个地方。"

所以才一个人从鹤见逃了出来。

"你昨天也说了这种话吧？怎么，你是想说绪川君劈腿了吗？"

那段谈话仿佛电影回放似的在脑海里复苏。

"他不会是劈腿舞伎了吧？"

"现在哪儿有什么闲心开玩笑！"

在现在这种情形下，这不见得是玩笑了。

"你是京都本地人吗？"

"怎么了？"

绪川追着弥生来到了京都。当然，弥生掌握着在京都生活的主导权，这里毕竟是她的主场。不过，绪川在京都有着弥生所不知的容身之处，这也并非不可思议。店铺也好，熟人的家里也好，如果绪川带八木去了这些地方，那就不可能找出来了。

弥生问："你就这么急吗？"

"没，也还好。"

不过，一想到跟绪川在一起的是八木，丹治就觉得焦躁不安。

"跟绪川在一起的家伙是什么样的人？"

"什么样的人啊……噢，对了！"

"怎么了？"

"那人自称是作家。"

"作家？"

弥生点了点头："说是来京都取材的。"

"作家……"丹治又嘀咕了一遍，"应该不是八木吧。"

"八木？"

"就是跟我们有孽缘的家伙。我本以为一定是他来了京都，看来是我想错了啊，那家伙不可能是作家。"

"是吗？那我就放心了。不管是什么人，只要不是你们认识的人就好。"

弥生的说话方式让丹治想动粗，但若真的动了手，绪川的态度就会越来越强硬了，最好还是不要做些多余的事。

弥生问："八木是女的吗？"

"不是。"

两人沉默了一会儿。

"你要不要喝点什么？"弥生言语之中透露的意思是，如果什么都不点的话就给我走。

没办法，丹治只好点了杯冰咖啡，决定等绪川回来。现在看来绪川见的似乎并不是八木，但又不能否定八木接触绪川的可能性。

这时，丹治突然想到：八木会不会真的是作家？

八木是个来历不明的家伙，根本不知道他是做什么的，至少看起来不像在上班。要说他是自由作家也并非不可能。

丹治暗叫不好，觉得最好还是确认一下，便拨通了八木的电话。但八木并没有接。

担忧的情绪犹如氤氲的雨云一般弥漫开来。

苦恼之后，丹治还是给松坂打了电话。松坂的声音听起来有点兴奋。

"喂？"

"不好意思，又打电话问你八木的事。他是作家吗？"

"作家？写书的吗？噢，我倒是听过这个传言，但详情就不清楚了。我虽然有些兴趣，但跟八木的关系也并没有那么好。你要不直接问他？你有他的电话吧？"

果然就是八木吗？他围着他们三个人转是跟写书有关吗？不会是采访之类的吧。

《实录！鹤见残酷的"坏小孩三人组"》——丹治的脑海里一下子就浮现出了像是杂志标题的书名。

"对了，你跟八木念同一所小学和中学吧？你能不能拍一张毕业相册里的八木的照片发给我呢？"

必须跟弥生确认，绪川见的人究竟是不是八木。

然而，松坂的声音中透着遗憾："毕业相册被我给卖了……"

丹治有些沮丧。真是没用的家伙。

"卖给个人信息买卖平台了？"

"嗯，当时生活费花光了。"

"你把珍贵的回忆都给卖了，这也太过分了吧。"

"啊！"松坂突然提高了嗓门，"对了，几年前我偶然碰到过八木，当时还拍了照。"

"真的吗？"

"嗯，是在秋叶原的女仆咖啡厅，他跟朋友在一起，说是陪他的朋友来买同人志。毕竟那种地方有点二次元的感觉，所以跟女仆一起拍了照片。"

八木竟然有这种兴趣，挺让人意外的。另外，担忧的情绪更上了一层楼。绪川也喜欢萌系的动漫，说不定跟八木有共同语言。

"你现在手里有那张照片吗？"

"有的。手机拍摄的照片我全都备份了。"

"能不能现在发给我？"

"嗯，可以。这是我拍的，没关系吧？"

丹治说了一句"没关系，快发来吧"便挂断了电话。随后立刻就收到了照片，是八木和一个没见过的男人跟穿着女仆装的女人一起照的。

"呕！"

丹治不禁作呕。八木色眯眯地笑着站在女仆旁边，这让人想吐。他自称是给山田报仇的正义人士，而这就是他的真面目。

丹治把手机屏幕朝向弥生，说："你说的作家是不是照片里跟女仆在一起的这家伙？"

就在这时，弥生叫了出来："对！就是他！"

丹治觉得走投无路，甚至连呼吸都不顺畅了。虽然已经意识到八木具体从事哪方面的写作，但首要的问题并不在于此，而是绪川现在正跟八木在一起。

必须到两人所在的地方去。一想到绪川跟八木在一起，丹治就气不打一处来。

丹治有些后悔当时自己故意打电话煽动八木。好想杀掉八木——这不是为了保身，只是单单地憎恨他而已。

弥生说："你看起来不太高兴。"

丹治瞪着弥生说："所以你就开心了？"

弥生耸了耸肩，嘀咕着"好可怕"。这动作让人火大，使得丹治又产生了痛扁她的冲动。

丹治想把所有的情绪都宣泄到她身上。小时候害死了山田，现在又因此而被八木纠缠。这种冲动已经呼之欲出了，然而还是在即将爆发之际被打住了。

丹治担心绪川会把那天在水池边发生的事情坦白给八木，可若是自己暴露给弥生，那就是本末倒置了。

"小时候有个叫山田的家伙，他很迟钝，大家都欺负他。

你男朋友也一起欺负过他。"

"是淹死在水池里的那个孩子吧？"

"你知道吗？"

弥生点了点头："绪川说那孩子因意外而淹死在水池里，那个时候他才意识到欺凌是不对的。不过事到如今也于事无补了，毕竟时光是无法倒流的嘛。"

没错。

十年前的自己和如今的自己是不一样的，十年后的自己也一定和如今不一样，但还是无法以时间为借口来逃避责任。

丹治注视着弥生。她与绪川来往的时间最长，这是不争的事实。

"干吗？"

"你见到八木的时候，他有没有对你说什么？"

"对我吗？他说想让我带他逛逛京都，但我直接就回绝了。"

"那是你们第一次见面吗？"

"对啊。"

八木会不会再次接触弥生，并告诉她绪川就是山田之死的始作俑者的三人之一？弥生肯定会动摇，然后就会质问绪川吧。只有八木暂且不论，若是连交往的对象都质问自己，那可就难以保持沉默了。

"你打算跟绪川结婚吗？"

弥生低下头，沉默了。看来"结婚"这个词让她那目中无人的态度烟消云散了。

"你们都同居了，绪川肯定也提过结婚的事吧？"

"这与你无关。"

"才不是无关的事！"丹治不禁提高了嗓门，"八木这家伙是从前的孽缘。小时候我们稍微对他使了点坏，结果他现在还耿耿于怀。他来这里说不定就是为了对你说些无中生有的话，比如绪川的为人之类的。那家伙很会说话，但你千万不能信他。你要相信绪川，明白吗？"

弥生满脸严肃地看着丹治，然后缓缓地露出了微笑："想不到你还是个好人嘛。"

"对啊，我就是好人。"

"自己说自己是好人？！"弥生笑出了声。

两人的谈话暂且告一段落。丹治独自一人默默地喝着咖啡，弥生则在吧台里切着什么东西。这里也会提供轻食，所以她在做相关的准备吧。

弥生手里拿着的小刀的刀刃在店内的灯光下反射着明晃晃的光。

这时，店里的电话响了。弥生接了电话。

"噢，绪川？昨天的那个人又来了，就是叫丹治的那个——"

弥生看着丹治，继续与绪川讲电话。

"我说啊，你没问题吧？没有卷到什么怪事里吧？刚刚丹治也跟我说了些事，不过我是相信你的。"

丹治本想走到吧台里夺过听筒，但又想到直接说出来会快些，便对弥生说："快问他在哪儿！"

弥生点了点头，问电话那头的绪川："你现在在哪儿？"

C 绪川和来访者一同散步

"我从前就想来这儿。"

"明明随时都可以来，坐新干线很快的。"

"这跟紧追你们相比，优先程度要更低一点。"

八木大言不惭地说道。若是在以前，绪川一定会怒喝道："你是在讽刺我吗！"不过凭现在的心境，绪川已经可以跟他一起谈笑风生了。

支走弥生后，绪川提出要带八木逛逛京都，或许也是想掌握主导权吧。

八木说他想逛逛哲学之道[1]，于是两人便从京都站乘坐市公交车来到了这里。绪川当然逛过哲学之道，不过只是在游览

1 哲学之道：连接银阁寺和南禅寺的一条约1.5千米的步行道路，南起若王子桥，北至银阁寺桥，因20世纪初的日本哲学家西田几多郎经常在此散步而得名。

附近的银阁寺¹时顺便过来而已，倒也没有太挂念这里。毕竟到这里的公交站也是"银阁寺道"。哲学之道固然有名，但银阁寺更为有名。

从公交站稍微步行了一会儿，道路便分成了两条，右边是哲学之道，左边就是通往银阁寺的道路。通往银阁寺的道路熙熙攘攘的，那里还有很多店铺，绪川差点就走到那边去了，不过八木最终还是选择在哲学之道上散步。

"我喜欢的一部推理小说中，有一幕便是侦探在这里悟出了案件的真相²。"

绪川询问八木想来哲学之道的原因，他的回答确实有作家的风格。绪川平时都不看书，万万想不到自己会来到书中出现的场所。

不过，与出现在自己人生的各个阶段并纠缠着自己的男人肩并肩走在石板路上，还是让绪川感慨万端。

"您跟丹治没问题吧？"

"没问题是指什么？"

"你们俩的关系似乎不太融洽。"

1　银阁寺：坐落于京都市左京区的一座临济宗相国寺派的寺院，正式名称为东山慈照寺。江户时代，为与金阁寺相呼应，而将此寺院称为银阁寺。

2　这里指的应该是岛田庄司的《占星术杀人魔法》。侦探御手洗洁便是在若王子桥的北边一家茶室"若王子"里，识破了犯下命案的人的诡计。

"我跟那家伙断绝联系了，那家伙已经跟我无关了。"

"不过丹治追您都追到京都来了。"

"那就跟你一起吧。"

绪川看了看八木，笑了。八木也笑了。

"如果我跟得再紧些就好了，发生了太多事情了。"

"什么事？"

"各种事情。"

"一到自己的事你就不说了吗？你真无耻！"

"对。"

八木那迟钝的回答让绪川情不自禁地笑了出来。

"写了小说后会思考方方面面的事情，正所谓戏如人生嘛。"

"是吗？"

"嗯。无论作者如何把控，不到完成之时他都不知道会写出怎样的作品。人生也是如此，我们不可能把握全部的方向，甚至也很少有能够做出选择的局面。有时自己也会选择道路，但基本上都是随波逐流，这样我和你现在才能站在这里。"

然而，山田发生那种事是他们三人所选择的结果。当然，他们并没有想过山田会死，但毫无疑问就是三人的选择造成了他的死亡。

绪川停了下来，低头注视着自己的脚下。石板沿河边铺成了一条路，就像时光的流动一般。这条路向自己所经历的过去以及将要前往的未来无止境地延续着。

"您怎么了？"八木惊讶地问道。

"如果真如你所说的那样，是我们害死的山田，那你打算怎么办？"

"并非如果，就是你们杀的。我就在现场。"

绪川点了好几次头。迄今为止这样的争论已进行过好几回了。他们三人确实害死了山田，只不过大家没有证据而已。

"如果我坦白了杀死山田一事，你打算怎么办？"

八木没有回答。

"你要去找警察吗？"

"大概不会去吧。就算诉诸法律，事到如今也无能为力了。"

"你会跟山田的父母说吗？"

"应该不会吧。要是说了，我反而会被责备的。他们会说，为什么事情发生的时候我没有立刻告诉他们。"

"那你为什么来京都？"

八木耸了耸肩："你们太倔强了，没有一个人坦白。要是这种状态持续下去，我会变换方针的，毕竟我也不可能当一辈子的跟踪狂。出了书后我会寄给您一本，书名都已经决定好了，叫《德尔塔的悲剧》。"

"德尔塔的悲剧？"

"现场就是三池公园，而且事情又是围绕着你们三人发生的。河口形成的三角洲又被称为德尔塔地带，我便从这里得到了启发。希腊字母 Δ 就是三角形，所以便取了这个书名。不过虽然小说的标题没有多大的意义，但只要像谜语一般耐人寻味就好了。我本来打算直接用希腊字母，以《Δ 的悲剧》为名出版，但编辑说会有人不会读，便改成了片假名。确实，读者不会读书名的话，书就卖不出去，这也是没有办法的事。"

绪川低着头，一直注视着脚下的石板。要是这本书得以出版，他们的罪行就会公开了。那干脆就在这里把一切都和盘托出吧，自己坦白的话能加上不少的印象分吧。

绪川想起了《罪与罚》的内容，想象着自己像主人公拉斯柯尔尼科夫一样下跪，头磕在石板路上；想象着自己向八木坦白罪行，自己一边哭泣，一边讲述着那天发生的事，而八木则一边温柔地抚摩着自己的背，一边说"我想听的就是这些话"。这是个美好的想象。

绪川回想起了在鹤见站西口的KTV里那段不知何时进行过的谈话。

"我现在还会梦到山田。我在想那家伙是不是含恨而死的啊。八木是山田的转世，山田为了复仇便转生成了其他人。"

"这怎么可能！就算你动画看多了，也得适可而止吧。"

不对，这不是动画看多了。那家伙说得没错，八木果然就是山田的转世。

"我虽然没有取得你们坦白的话语，但我对自己所写的《德尔塔的悲剧》的内容还是有自信的，里面没有半点虚言。"

绪川不知道这本书能卖多少本。虽说是死了一个小孩，但那也是很久以前的微不足道的事件了，而且绪川还是头一次听说浦贺和宏这名作家。不过，只要当地人中有一个人读了《德尔塔的悲剧》，这个事件就肯定会在当地成为话题，如此一来就不能回鹤见了。

八木也是下定了决心的。要是这本书得以出版，就算被起诉名誉损害也不足为奇。绪川当然不会这么做，但其他两人就不清楚了。八木甚至还期望着这种事发生吧？总之只要成为话题就好了，早晚有一天，那两人会被迫坦白。

把山田逼成那样的人确实是他们三个，但这并不意味着责任就会三等分。罪行最深重的是自己，因为是自己让他们两人干的，读了《德尔塔的悲剧》的人会明白这一点。谁该受到最强烈的谴责呢？毫无疑问正是自己啊。

不过还是接受吧，这就是自己的"罪"与"罚"。

"你待会儿就要回川崎了吗？"

"嗯。"

"还住在老家吗？"

"不，我现在一个人住公寓。总是跟母亲住在一起也不是办法，但我已经习惯川崎了，没有其他想住的镇子。车站前什么都有，而且要去东京或是横滨都很方便。"

绪川不禁呵呵地笑了起来。

"怎么了？"

"你不离开当地吗？这就跟不良少年似的。"

"这么说也是啊。"

"山田早就死了，你也已经没有小喽啰了吧，待在当地不就没有意义了吗？"

八木面露愠色："信介并不是我的小喽啰。"

"是吗？不过有人是这么想的，比如松坂。"

八木沉默了一会儿，嘀咕道："那家伙是这么想的吗？"

"你啊，竟然不知道其他人是怎么看待你的，所以现在还是单身。"

八木没有回答。他总是追问绪川，这次能够让他无言以对，绪川的心情很是爽快。

"你没结婚吗？"

"有想结婚的对象，但还是太难了。"

"要不试试看？结婚后各方面都会变化的。"

"也是啊。灰田都结婚了，被抢先了一步。"

绪川情不自禁地笑了，自己现在估计比八木还要了解灰田。灰田是八木的朋友，因为同样喜欢动漫，八木便将他介绍给了自己。八木恐怕是要解除自己的戒备心后再打算拉拢自己，可灰田远比八木还频繁地来京都。不得不说，八木还是小瞧了动漫或萌物爱好者的热情。比起杀人事件的真相，这世上确实有人更在意深夜动漫的后续剧情。

"《德尔塔的悲剧》出版后会送我一本吗？"

"当然。您读了这本书后，若是能铭记于心，我也就满足了。"

"我可没有勇气读这本书。"

"那就请您攒着吧。"

"攒着？"

"就是字面的意思。有一类人喜欢买一大堆书囤着看。"

"攒着后就会看书了吗？"

八木点了点头："每天都看看书的封面，总有一天会想要读的。我想今后应该不会再跟您见面了。长时间地纠缠您，我很抱歉。这次是真的再见了。"

绪川欲言又止，但自己都不知道自己打算说些什么，甚至还觉得随便说几句话之后再组织语言也行。如果今天就是最后一次见八木，那还是应该说些什么的。然而，绪川什么都说不出口。

无言以对。

这时，背后传来了叫喊声。

"八木!"

绪川和八木缓缓地回过了身。

站在那里的是丹治。

A 斋木向丹治坦白

斋木控制住自己的焦躁情绪，走在鹤见的街道上。丹治从京都回来了。斋木来到了约定的地点——麦当劳旁边的KTV，只见丹治茫然地坐在店门口，过往的路人都避开丹治而行。

斋木一靠近，丹治便恍恍惚惚地抬起了头。

"怎么了？"

"没——什——么。"

丹治用下巴指了指背后的自动门，门上贴着一张闭店通知，上面洋洋洒洒地写着闭店的原因，但斋木没有心思去看。就算努力看完，也不会改变闭店的现状。

"倒闭了吗？"

斋木也跟丹治一样，一时半会儿不知道该怎么办。西口虽然也有KTV店，但在那儿可能会遇到熟人，所以得避开。

"要不去情人旅馆吧？"斋木说道。

"什么？你是认真的吗？"

"比在KTV里更能说些私密的事情。"

丹治陷入了沉思，也许是没想到斋木会提议去情人旅馆。斋木对丹治的反应也感到意外。情人旅馆有大电视，还能看DVD，而且也能唱卡拉OK，小型的聚会经常会选在这里举行。

"怎么了？你没去过情人旅馆吗？"

"啊，嗯。"

"啊？真的吗？太震惊了！"

不过也不至于都二十岁了还是处男。毕竟去情人旅馆要花钱，父母不在的时候就在自己家或者女方家里解决。

"情人旅馆除了做爱还有别的用途。不过你要是非想要不可的话，我也是可以给你上的。"

"开什么玩笑！"

看到丹治真的很生气了，斋木觉得甚是好笑。对于这方面的事情，丹治竟然很晚熟。

斋木带着丹治去了稍微远离繁华街道的一家情人旅馆，内部装饰得就跟欧洲的城堡似的，听说电视台取景或是拍摄促销广告经常会选择这里。

考虑到丹治是初次体验情人旅馆，斋木选择了有点贵的房间。房间很宽敞，里面尽是夸张的装饰，简直就像中世纪贵族的房间。丹治惊讶了一会儿后便开始玩弄床头的开关，将房间的灯光逐渐调暗又调亮。

"我的房间也好想要这玩意儿！"

"你太大惊小怪了。对了，八木怎么样了？绪川呢？"

"没——什——么。"丹治说出了在KTV门口相同的话语后，开始讲述起京都之行的始末。

"不是有一条哲学之道吗？我坐上了去那儿的公交车。我第一次坐那趟车，所以有点紧张。我要去的明明是哲学之道，可公交站名却叫'银阁寺道'。"

"因为银阁寺更有名嘛。"

"这么说也是。前往银阁寺的左侧那条路好不热闹，我差点走到那边去了，不过还是忍住了，毕竟我有着比观光更重要的任务嘛。绪川跟一个人边聊天边在哲学之道上走着。我不由得叫了一声'八木'，可对方并不是八木。和绪川一起散步的是那家伙的堂兄。"

"绪川的堂兄？"

"对。听说是全家出动，打算把绪川从京都带回去。允不允许绪川跟弥生那个女的结婚暂且不谈，应该是要绪川暂时先回去吧。"

"不过——就算是八木，他会特意追到京都去吗？"

即便是先回到这里，绪川最终也会说服父母然后住在京都吧，因为这是逃离八木最为直截了当的方法。如果绪川一辈子都待在京都，那就没什么好怕的了，毕竟自己和丹治并不会胆小到要屈服于八木的胁迫。

虽说是放了心，但事到如今斋木和丹治也没有心思在这种地方唱卡拉OK。

气氛一时间尴尬了起来，斋木跟丹治在一起时还是头一次有这种感受。既然跟八木之间的问题已经解决了，就没有理由再跟丹治待在一起了。可丹治毕竟是朋友，就此话别未免也太没意思了，好不容易才来到了能保守秘密的情人旅馆。

然而，除了八木或山田的事，真的就没有什么可聊的了。自山田那件事以后，斋木便不再跟这两人说话了，所以就算是时隔十年的再会，连闲话家常也聊不起来。斋木心想，这就是共有秘密的代价吧。

"喂，丹治啊，我们怎么办？"

斋木问道。

"怎么办？"

离开旅馆后，天色已经暗了下来。

"初次的体验怎么样？"斋木开玩笑地问着丹治。

"情人旅馆还真不错嘛。"丹治茫然地回答道。

"你说的是地方吗？"斋木戳了戳丹治的脑门。丹治没有任何反应。

"还能随便看电影。"

说到在旅馆看电影，看成人影片是再自然不过的了，但他们两人又没有心思特地去看这种东西，于是便在一片倦怠的氛围之中看了一部美漫改编的美国电影。片子气氛阴暗，老实说没那么有趣，不过有一句台词让人印象特别深刻。

"坏人分为两种类型，一种是凭力量与英雄战斗，另一种则是用头脑来谋划策略，而真正可怕的就是后者。"——自己是哪一类的坏蛋呢？

丹治拿起了斋木的手。

"好恶心。"

斋木虽然这么说，但并没有感到恶心。

"丹治。"

"嗯？"

"你知道陀夫妥耶夫斯基吗？"

"不知道。"

"他写了本书叫《罪与罚》，八木让我读读看，我觉得应该能在书中发现什么提示。书店里有这本书，满满当当全是字！这种东西怎么读得下去嘛。"

"哦。"

丹治敷衍地说着，表示自己对此完全没有兴趣。

"你替我读，然后告诉我内容，好不好？我是喜欢你的。"

斋木其实是若无其事地说出这番话的。说完后便暗叫不好，但转念一想，又觉得没什么大不了的。

丹治思索了一会儿，然后说道："如果要替你读的话，那能和你——"

就在这时，斋木站住了，屏住了呼吸。

丹治也察觉到了斋木的异样，把说了一半的话给咽了回去，嘴里还漏出了小小的一声"啊"。

八木正站在那里。

他直立在那儿，用阴暗的眼神目不转睛地盯着丹治。

"怎——"丹治刚一开口就停住了，也许是想说"怎么回事啊你"，然而八木现在的样子很是不同，让丹治都无话可说了。

在此之前八木总是以一种温和的感觉接近三人，一直采取说客的态度劝他们承认对山田犯下的罪行。然而如今的八木根本谈不上温和，硬要说的话是愤怒。

在八木追究山田之死的时候他们却悠闲地去了情人旅馆，这让八木无法原谅吧。当然，他们有两个人。八木看起来很孱弱，斋木跟丹治一起的话能够轻松把他撂倒。但是八木给他们带来的恐怖感，打个比方，就像是藏着一把小刀、遇到路人就刺的马路歹徒。

然而，八木转身就走，快步消失在了斋木和丹治的面前。

八木再次出现在两人面前已经是十年之后的事了。

B 丹治向绪川坦白

　　丹治从京都站乘坐市公交，在银阁寺道这一站下了车，走了一会儿后道路就分成了两条。丹治自从修学旅行以来就没有来过京都，但也没怎么迷路。右手边的路给人的感觉就是一条绿道，应该就是哲学之道吧。旁边的指示牌上写着名字的由来。

　　丹治无视了指示牌，径直地走向了通往银阁寺的左手边的道路。这里熙熙攘攘的，游客比哲学之道要多很多。丹治立刻就找到了绪川。绪川在售卖京都点心的店铺前跟一个人在一起，悠闲地吃着点心，这让丹治怒不可遏。

　　"喂，八木！"

　　这声叫喊让绪川旁边的人回过了身。

　　"别那么大声啊。你怎么都追到这儿来了？"绪川一边在意周围人的目光，一边向丹治抱怨。然而，丹治的双眼死死地盯着眼前的男人，视野里根本没有周遭的人。

"你是谁？"

眼前的人并不是八木。

如果对方回问一句"我才想问你是谁呢"，争吵便会一触即发。但是，眼前的男人看起来有点怯懦，没有回复丹治的任何话语。

就在这时，丹治觉得自己在哪儿见过这个男的。

"啊！"

是松坂发来的照片！这个男人和八木都在那张照片里！

"对！就是他！"——弥生这家伙，说的是八木旁边的这个人吗？这个男的叫灰田，是八木小学和中学时代的挚友。这么说来，丹治记得绪川曾经说过八木介绍了一个意气相投的朋友给他。

"我听八木说过，他有一个原型师朋友，所以就拜托他介绍给我了。"

"原型师是做什么的？"

"就是做手办的。你要看看吗？"明明没有请求灰田，可他还是拿出了平板电脑，把画面伸了过来。屏幕上映着动漫里的萌系角色的人偶。

"这是你做的吗？"

"对吧！很厉害吧！"

"就跟商品似的。"

"本来就有在卖啊。"灰田骄傲地说道。

丹治想再仔细地看看，便从灰田手中拿过了平板电脑，依次翻着照片。

"啊，等等——"

灰田想要制止，但丹治并不在意，反而还觉得他肯定有些手办照片不想让人看到。事实确实如此。

随着画面往后翻，手办的裸露程度越来越高，到了最后一张的时候，照片里的手办只穿着一条丁字裤的泳装，屁股撅向屏幕这边，连胸都能看得到。丹治感到为难了。又是去女仆咖啡厅，又是制作这种类型的手办，这些家伙到底在干什么啊？

话说回来，问题的关键在于八木向绪川介绍了自己的朋友，绪川跟他建立了良好的关系，而且还带他逛了京都。八木看出了绪川喜欢萌系动漫，为了拉拢他才给灰田分派了这项工作吧。

丹治把平板电脑还给了灰田，灰田难为情地收下了。

"所谓的作家，就是这种作家吗？那取材呢？"

"有些动漫是以新选组[1]为主题的，京都可谓素材的宝库啊。"

"哦。"

绪川在初中时代的修学旅行时没能自由行动，所以后来便一个人频繁地来京都，然后遇到了弥生。丹治惊讶于绪川竟找了个女白领似的人恋爱，但对于喜欢动漫的人来说，京都或许就是圣地。

丹治感到了不安。还好造访绪川的人不是八木，这倒是事实，但绪川显然已经被八木拉拢了。到了紧要关头，绪川可能就不会站在他们这边，而是会站在八木那边了吧？

"你跟弥生那女的怎么样了？"

"什么'怎么样'啊？"

"我是说你们的关系进展还顺利吗？你没有跟她提过你的这位朋友吧？"

丹治非常理解绪川不想让人知道这个男人会做这种类型的手办，而且这个人还是经八木介绍来的。

"别说我了，你自己才是怎么样了？你是撇开伴侣过来

1　新选组：日本幕末时期的一个亲幕府的武装集团，主要在京都活动，负责维持当地的治安、对付反幕府人士，属于守护京都的最外围的武装势力。他们在戊辰战争中协助幕府一方作战，1869年战败投降后解散。内容涉及新选组的动漫有《浪客剑心》《薄樱鬼》《银魂》等。

的吧？"

丹治看着灰田，说："抱歉，你能稍微离开一下吗？"

绪川问："为什么？"

"我有很重要的事要对你讲。"

"什么事？"

"他在旁边就没法说啊。"

"好吧，我就在那边晃荡一个小时左右吧。"

绪川面露难色，来回地看着灰田和丹治。对于绪川来说，两人都是重要的朋友。然而灰田终归只是与动漫相关的朋友，他跟丹治的重要程度是不一样的。

"不好意思，我们谈完了就打电话给你。"

听完绪川的这番话，灰田轻轻地摆了摆手，消失在了人群之中。

"真是个识相的家伙。"

"'御宅族'一般都是彬彬有礼的人，哪像你。"

"你在说些什么啊，"丹治把脸靠近绪川的耳畔，轻声说道，"明明是个杀人犯。无论是逃到京都还是跟宅男来往，都无法抹掉你的过去，懂吗？"

"这种话你已经在弥生的店里说了不少了。你以为我在跟八木见面？并不是。那么我们也就没什么好聊的了，你差不多该回鹤见了吧？"

"才不是没有可聊的！灰田原本就是八木的朋友吧。你也非常喜欢萌物，所以他才把灰田介绍给你，不是吗？"

"你说得没错。"

"那家伙就是八木的间谍，八木把与你意气相投的灰田派到了你身边，懂吗？"

绪川沉默了一会儿后说："这种事不用你说我也明白。"

"既然明白，那为什么要跟他来往，还带他逛京都？关系好得不得了吧？"

"我跟灰田来往，假设以后站在了八木那边，即便那件事暴露了，那也是命运的安排。我小时候是跟你们来往，而现在则是跟灰田来往，你就看不惯了？这是忌妒，对吧？"

丹治目不转睛地盯着绪川，然后突然就对他动了手。周围的游客"呀"地轻声尖叫着，人们的目光都集中到了两人这边。

但是对于丹治来说，围观者的目光连屁都不是。

"你这家伙，就是个尿包！我们明明那么担心你！你这个宅男！无业游民！小白脸！"

丹治已经成熟了，而且还在公司上班，所以会尽量避免使用粗暴的词语。然而这个时候，丹治却忍不住了。本以为会遭到反击，可绪川只是护住了自己的脸，完全没有要反击的意思。

果真是个尿包。

一想到这儿，丹治便觉得更加生气，痛扁绪川的手没有办法停下来。

"快还手啊，你这家伙！"

本以为绪川是朋友，可现在却站在了八木那边。无论怎么喊叫，无论怎么殴打，只有停不下来的自己显得可悲。

也许是无法装作视而不见了，周围店铺里的人便都出来了，说着"你住手吧"，制止了丹治。

丹治环视着周围，大家都往这边看着。还有人以为这是感情纠葛引起的争吵，正呵呵地笑着。丹治恶狠狠地瞪了这群人后，对绪川说："我曾经是喜欢你的，不过你早就已经知道了吧。"

说完，丹治便转身离开了。若是见到灰田可就不好办了，于是丹治便朝他过来的反方向走去，那是公交站"银阁寺前"的方向。丹治几乎是无意识地走入了来到这里时经过的那条绿道。什么哲学之道，是看不起高中文凭的人吗？

"净是些没意思的家伙。"

就在这时，丹治听到了绪川在背后叫自己的名字。

丹治停了下来，然后缓缓地回过了身，只见绪川就站在那儿。丹治本以为自己会被打，但绪川只是悲悯地注视着丹治。丹治情不自禁地搂住了绪川，然后嘤嘤地哭泣起来。

丹治离开了京都，在新干线中思考着绪川的事。自己在哲学之道与绪川所说的话不时地浮现在脑海里。

"京都啊……"

车内没有多少乘客，这让丹治觉得很不错，便嘀咕了起来。住在那个镇子上会是什么感受啊？游客太多，说不定会让人厌烦吧。居民似乎也趾高气扬、装腔作势的。而且生活还会因为景观条例之类的法规而不太自由吧，一不留神晾一张粉红色的床单说不定都会被警察请去喝茶。不过丹治原本就没有这种情人旅馆里才有的床单。

丹治想起了情人旅馆。

"如果要替你读的话，那能和你——"

这句说了半截的话，由于八木的出现而没能听到后续。不过不用听也明白，后面想问的应该是："那能和你交往吗？"而两人已经忘却了这番话，毕竟这番话根本就没有什么意义。

然而，丹治从品川站下了车后，就径直走向了车站里的书店，询问店员是否有陀思妥耶夫斯基的书。店员果然还是问了需要哪家出版社的，于是丹治便让对方推荐了一家。

那时，本打算买却没有买的书，现在都还在发售。丹治买了那本《罪与罚》后，踏上了回家的路。

"很少见你买这种书啊。"伴侣说道。看来对方已经完全忘记从情侣酒店回来的路上的谈话了，但自己也差点没想起来，所以没有资格说别人。

丹治翻开了《罪与罚》，果然满满当当都是字，不过抵触的感觉比当时要少了一些。是因为已经积累了相当的人生阅历了吗？从那天开始，丹治每天都花上一点点的时间品味《罪与罚》。

这花了丹治半年的时间。

C 绪川向八木坦白

十年前，绪川是受八木的推荐才读了《罪与罚》。如果没有读那本书，无论怎么受到负罪感的苛责，绪川也许都不会苦恼于是否要向八木坦白罪行。

"今后会怎么样啊？"绪川问伴侣。

"不清楚，只能顺其自然了吧。之前不也一直是这样的吗？"

"我见到弥生了，她好像还在恨我。不过八木——八木先生从中斡旋了。"

绪川一时间打算直接称呼八木的姓氏，但又改了口，可对方好像并没有在意，只说了一句"是吗"便回到了自己的房间。应该是去看录下来的深夜动漫了吧，这是他的每日必修课。下周灰田也会来京都，听说还带着妻子一起。当然绪川也会被介绍给他们，届时谈论动漫的话题会聊得火热。可是无论表面上怎么痴迷于亚文化，山田死去那天发生的事都是自己永远不会忘记的。

绪川是知道的。一直以来跟自己在一起的两人都喜欢自己，所以小时候他们才唯唯诺诺地听从自己的话而作恶多端。山田和八木也是这样的。绪川并不是无缘无故地想要欺负山田。山田从前就纠缠自己，绪川觉得很厌烦，便唆使两人攻击山田。绪川想要杀死山田，想把嘿嘿傻笑着纠缠自己的山田从人生中删除。头脑愚笨、大家都嗤之以鼻的山田竟然喜欢自己，这简直是一生的耻辱。

八木跟山田一样。二十年前，成人礼的那天八木第一次现身之时，绪川就在八木身上感觉到了与山田相同的气息：被自己没有任何兴趣的男人喜欢的那种令人毛骨悚然的感觉。所以见到八木时，绪川才心想：讨厌的家伙又来了。

绪川觉得八木也喜欢自己。八木以山田的事为借口，二十年来一直纠缠自己，说不定就是出于这个原因。

现在自己是绪川的伴侣，而在此之前是丹治的伴侣。八木和自己终究是两个世界的人，是没有办法在一起的，这一点八木也十分理解吧。然而，他却不想让纠缠自己的这二十年白费掉。八木作为一名作家，自然会想以这二十年来发生的事情为主题写一部小说。

这部小说就是《德尔塔的悲剧》。

"很抱歉突然打电话给您，我有一件事想问您。"

所以后来八木打电话来的时候，自己并没有挂断电话，而是想听听他要说什么。如果他是因为不能和自己在一起才写下这部小说，那自己也打算协助他。《德尔塔的悲剧》完成后，就能跟山田的记忆完全话别了。

"什么事？"

"您为什么要跟绪川结婚？"

"这跟你没有关系吧。"

八木并未在意绪川的反应，继续说道："我知道您跟丹治结了婚。二十年前，我是看到了的。我看到您和丹治从鹤见的旅馆出来了。"

绪川清楚地记得那天的事。离开旅馆时两人碰到了八木，他满眼憎恨地盯着自己和丹治。绪川领会到了，这种憎恨跟忌妒是同样的感情。从那以后，八木十年来都没再出现在他们眼前，所以绪川才知道八木喜欢自己。

"时隔十年见到您，您辞去了建筑工人的工作啊。这种工作或许只能在年轻的时候才能做吧。"

辞掉建筑工人的工作当然是因为受到了前辈和上司的严厉指责，但现在想来这也只是表面原因而已。在建筑工人这一领域，自己这一类人是很珍贵的。绪川觉得要是被辞退了可是让人接受不了的。第一次见八木的时候，明明对方都没有问到，自己却还是说出了自己是建筑工人，说不定也是觉得会被对方大加赞赏吧。八木说得没错，自己对高空作业的工作引以为傲。

虽然对纠缠自己的八木感到苦恼，但抛开这点不谈，自己的意识深处还是有天真或大意的成分在的。在一处工地上，自己曾从十米高的踏板上跌落下来，当然，由于系着安全带所以平安无事。但自己对这件事产生了心理阴影，于是不得不辞掉了建筑工的工作。

绪川现在还恐高，住在高层的酒店时会拉上窗帘，仰望京都站的天花板也得鼓足勇气。

"在与丹治离婚前，您就跟绪川结婚了吧？婚可不是那么轻松就能离的。"

离婚调解的过程中前夫丹治曾说过，"我真的会做了你"。这一句话证明了他有暴力倾向，于是这成为对自己有利的条件，从而得以离婚。不过，绪川回想起在与丹治还没离婚的那段时期，现在的丈夫快要屈服于八木的游说之时，丹治放言道："你要是打着什么歪主意向警方告密的话，我真的会做了你！"经其他人的提点，绪川重新意识到了，自己曾经用多么粗暴的语言威胁过其他人啊。

"时隔十年再见到您时，得知您改姓了绪川，这让我吓了一跳。毕竟我曾经觉得丹治比绪川要更合适您。"

"因为绪川是动漫宅？其实我也并非不看动漫。"

"这跟动漫无关。这句话虽然有点失礼，但我想问您这样真的好吗？"

绪川笑了。事到如今在说些什么啊。

"我指的是您的父亲。"

绪川不笑了。

"您的父母在您很小的时候就离婚了吧。您还记得您的父亲吗？"

"怎么可能记得，那都是小时候的事了。"

这是谎话。

父亲的印象还隐隐约约地残留在记忆里。他是个恶魔般的男人，时时刻刻都泡在酒坛子里，一旦有什么不顺心的事就对母亲和自己动粗。考虑到跟这个男人在一起会给孩子带来恶劣的影响，母亲便下定决心跟父亲离了婚。当然，父亲并不愿意分手，闹了将近一年才离婚。

后来，母亲和自己逃到了鹤见。听说父亲在绪川读高中的时候死在了医院里，得知这个消息的绪川也没有任何想法。对于拖着一副残躯败体还放不下酒杯的男人来说，死亡是再自然不过的结局了。

"这跟我父母又有什么关系？"绪川丝毫不掩饰焦躁的情

绪，说道。

小学时让人束手无策的坏小孩绪川被老师贴上了标签："正因为是单亲家庭子女，所以才学坏了。单亲妈妈是不行的。"这可谓严重的歧视，自己被责骂是理所当然的，但为什么非得说母亲的坏话呢？绪川觉得岂有此理，于是就变本加厉地打架斗殴，这又进一步地被人说是家庭环境的影响，从而造成了恶性循环。

八木的话语唤醒了绪川小学时的痛苦记忆。

"跟丹治离婚是因为他酗酒吧。"

"没错。"

绪川讨厌父亲，就算父亲暴毙街头也不为所动，然而自己却在不知不觉之间选择了跟父亲一样的男人。两人去见松坂的时候，松坂给他们端出了可乐。丹治嗤之以鼻地说："没啤酒吗？"

这是丹治的真心话，丹治在大白天就能若无其事地喝酒。绪川当时真的以为这是男子气概，而婚后才意识到自己错了。由于酒精的问题，丹治的工作都做不长久，所以绪川辞掉建筑工人后只稍微休养了一段时间，便不得不去工作了。新工作是母亲帮忙找的，而自己当时却没有任何兴趣。绪川想向母亲报恩，想让她抱上孙子，然而没能实现。绪川无论如何都无法生下丹治的孩子，不想让孩子生下来就有个有酒精依赖症的父亲，过着跟自己一样的生活。

所以绪川就跟丹治离婚了。"我真的会做了你"——绪川打心底里认为，父亲被母亲提出离婚时一定也说过同样的话。

"您对现在的生活满意吗？"

绪川想为现在的伴侣生下孩子。比起酒精依赖症，动漫宅要好些。不对，要好得多。绪川曾经觉得动漫很愚蠢，但认真看了后又觉得有趣，便不再瞧不起了。而且，喜欢动漫的人性格大多都很沉稳。

绪川觉得现在的伴侣曾经是勉强与自己和丹治来往的：明明很懦弱，但想变得更坚强。然而事实并非如此。真实的情况是自己凑上去跟他来往，想成为他那一类的人。而丹治并非这类人，与他分手是必然的。

"您无法为患有酒精依赖症的丹治生下孩子。为了让您的母亲抱上孙子，您就跟他分手，与其他的男人再婚了。您的目的达到了吗？"

八木那恶魔般的话语让绪川呜咽了起来。他问的问题多么残酷啊！他明明知道的！

"我跟绪川再婚时已经三十多岁了！老实说，当时我还觉得没问题，可是我生不了孩子！生不了！对！你说得没错！我们杀了山田！我们三个把他推到了水池里，一哄而上把他淹死了！"

伴随着叫喊，绪川明放声大哭。这就是山田的复仇吧，自己这才重新意识到。

"我很抱歉问了些失礼的事。可是我要是不这么说，您就不会坦白了。"八木说道。

八木的声音回荡在她的耳畔："为了让您坦白，我花了二十年！"

（《德尔塔的悲剧》完）

解说
桑原银次郎

※本文有诸多地方涉及小说情节，请读完正文之后再读本文。

　　本书《德尔塔的悲剧》搁笔后，作者浦贺和宏就去世了。作品目前还在做发行前的工作。

　　笔者认识浦贺先生是在他三十四岁的时候。他当时已经出版了好几部著作，均受到了相当程度的好评。我们在出版社的宴会上通过交换名片而结识，自此以后浦贺先生便联系了笔者好几次，可以说无论是工作层面还是私底下，他都是笔者的朋友。

　　这么想来，浦贺先生从那时起就已经在构思这部作品了。浦贺先生是虚构类的推理作家，但要说作为遗作的本书是纪实文学也并无不妥。笔者以纪实作家为生，所以浦贺先生或许认为跟笔者建立朋友关系能对《德尔塔的悲剧》的写作有所帮助。作品中有一幕是他告诉绪川（和绪川广司结婚的斋木明）他有一位记者朋友，而那位记者正是在下。其实笔者收到了一封来自浦贺先生的密封了的文件，他说若是自己有什么三长两短就让笔者打开它。文件里放的正是本书《德尔塔的悲剧》的大纲。

在浦贺先生去世的几个月前，他告诉笔者："我交给您的文件可能已经没有什么意义了，我的下一本书出版之后就可以扔掉了。文件里装的就是这本书的大纲。"浦贺先生在本书出版之前就去世了，所以笔者打开了文件并阅读了大纲，得知了浦贺先生正追查着被认为是杀死山田信介的那三个人。笔者坚信，浦贺先生的死不可能与这起事件无关。他感觉到自己会有危险，特地把写有大纲的文件交给身为记者的笔者，这就是莫大的证据。恐怕就算笔者不把这份文件交给警察，杀害浦贺先生的凶手也迟早会被逮捕吧。不过笔者还是主动帮助警方迅速破了案。

杀害浦贺先生的凶手是绪川明的前夫——丹治义行。据说浦贺先生被烂醉如泥的丹治刺了好几刀，然后被推进了山田溺死的那个三池公园的水池里。

明与丹治分手，绪川与弥生小姐分手，两人便结了婚。我们有理由相信，被甩了的丹治和弥生小姐会联起手来，尝试着向两人复仇。如果丹治和弥生小姐就那样交往起来，说不定就不会酿成浦贺先生被杀害的悲剧。不过，阻止她和丹治交往的原因应该就是丹治的嗜酒如命吧。

就像《德尔塔的悲剧》中所写的那样，与丹治结婚后的明对害死山田信介这件事逐渐产生了负罪感。书中写到，两人离婚最大的原因就是丹治的酒精依赖症，但浦贺先生出现在他们面前追究山田之死的真相，说不定也是促进丹治的酒精依赖症的一个因素。丹治因而开始怨恨浦贺先生，对他抱有杀意也并非不可思议。

阅读"C 绪川和来访者一同散步"后就能明白，丹治并没有放弃明，屡次跟踪再婚后的她。于是，丹治偶然遇见了来京都拜访明的浦贺先生。前妻跟绪川在一起就算了，如今竟然跟浦贺先生也有来往，这便是丹治的误解。

回到鹤见的丹治把浦贺先生叫了出来，说是要坦白杀死山田的详情。浦贺先生自然很高兴。虽然这时他才刚刚写完《德尔塔的悲剧》，但将稿件作为小说出版还需要花上几个月，还有很多时间来修改稿子。如果获得了什么新的情报，稿子的质量肯定就会提高。

浦贺先生被丹治叫了出来，他不可能没有意识到自己会有危险。然而，浦贺先生给过笔者那封文件，想到自己若是有什么三长两短，警方应该立刻就会怀疑到这三个人身上，所以他毫无防备地去见了丹治。他完全想象不到这个世上也有人会破釜沉舟，不顾保全自己就去行凶。如今，笔者只能衷心地祈祷浦贺先生能够安息。

通读一遍本书后，笔者想到的是：浦贺先生确实是个推理作家啊。他常常说道，就算是纪实文学也一定会融入作者的主观意念，是没办法成为完全客观的作品的。但是《德尔塔的悲剧》不单单是描写小学生杀人案件的纪实文学，还是充分发挥了他的个性的一部作品。

浦贺先生的写作风格专注于诡计，其中也有他擅长的被称为"叙述性诡计"的这种不可能被影视化的手法。这本《德尔塔的悲剧》运用了三种叙述性诡计，就算说是作者的代表作也不为过。

《德尔塔的悲剧》中使用的诡计包括以下三种：

①时间诡计

在本书的引子之后，浦贺先生（八木）在斋木明年满二十岁的成人礼那天造访了斋木家，这便是故事的开端。之后，浦贺先生也接触了丹治和绪川。读者以为浦贺先生是在同一时期拜访的三人，但书中没有任何一处地方涉及对时间的描写。事实上B部分（丹治）是A部分（斋木）的十年后发生的事，而C部分（绪川）则是A部分的二十年后发生的事。因此包括浦贺先生在内，他们的年龄为：

A：二十岁。

B：三十岁。

C：四十岁。

C部分的文风与A部分相比有些平稳，这也表现出虽然年轻的时候很暴躁，但人到中年也会相应地安稳下来。

②人称诡计

《德尔塔的悲剧》的结构为，浦贺先生为了揭发杀死山田的凶手而依次拜访与杀人案相关的斋木、丹治和绪川，只要其中一人坦白交代就会结束了，所以读者能够在"谁会坦白罪行"的悬念之下阅读本书。然而，这正是作者设下的圈套，三人其实都是同一个人。

书中写到，绪川最有可能屈服于八木的追问，而到结局的时候绪川确实也坦白了罪行。但是，与斋木和丹治相比，究竟为什么是绪川更后悔于杀死山田信介呢？这只能是因为明经过了几十年的岁月，年满四十岁后，终于后悔于年轻的时候所犯下的过错了。

③性别诡计

为了让三人为同一个人的诡计得以成立，那就必须改变姓氏。目前，社会上虽然也在积极讨论着夫妇不同姓的议题，但现状仍然是结婚之际夫妇两人必须更改为其中一方的姓氏。而在这种情况下，妻随夫姓的情况则是占压倒性的多数。

笔者认为，浦贺先生最初打算写《德尔塔的悲剧》的契机就是他知道明在十年前与丹治结了婚，后来离了婚又与绪川再婚了。明的姓氏更改了两次，所以浦贺先生便想出了这样一个诡计：表面上是分别追查了三人，而实际上则是同一个人。因此，《德尔塔的悲剧》在向读者挑明了明其实是女性之后便落下了帷幕。

对描写真实事件的纪实文学来说，有人会批判这类作品过于煽情了。然而浦贺先生是娱乐向的作家，他在这个以实力为主导的严苛的世界里努力地多卖出自己的书。

笔者是头一次听说山田信介死亡的事件。虽说这在书中也有提及，但溺水事故是频繁发生的，很多孩子因此而丧生。本起案件发生于二十年前，而且还被当作意外来处理了，以这种题材写出的纪实文学作品会缺乏话题性，这一点也会让出版社很难办吧。所以浦贺先生才充分利用自己的写作风格这一强项，将《德尔塔的悲剧》写成了一部推理小说。就算案件的题材没有话题性，只要小说有趣的话就能畅销，从而案件本身也会成为话题——浦贺先生一定是这样考虑的。

为了写这篇解说，笔者读了好几遍，而每次阅读都会有新的发现。这证明了浦贺先生是在注意每个细节的基础之上完成了本书。如果浦贺先生还在世的话，《德尔塔的悲剧》一定能成为完成度更高的杰作吧。对此，笔者感到非常遗憾。

浦贺先生生前曾将《德尔塔的悲剧》的大纲密封后交给了

笔者。如前所述，笔者认识浦贺先生是在他三十四岁的时候，故而四十岁的浦贺先生在与绪川的谈话中提到本人这名记者也并不矛盾。然而重读后笔者发现，浦贺先生从他二十岁见到斋木的那时起，似乎就已经为自己加了一道保险。

"这点毋庸担心。我提前做好了准备，在一份文件上记录了我今天跟您谈过的事。如果我有什么三长两短，这份文件就会被公之于众。"

这是浦贺先生初次拜见斋木明时所说的话。从此处可以得知，那份文件并非浦贺先生交给笔者的《德尔塔的悲剧》的大纲。当时笔者还不认识浦贺先生，而且斋木分别和丹治、绪川结婚之后，浦贺先生才构思出了《德尔塔的悲剧》。

当然，《德尔塔的悲剧》是浦贺先生年满四十岁之后才写下的小说，因此也有可能是他对二十年前的那段对话补充之后进行了创作。本书作为纪实文学的特例，是融合了强大诡计的一部小说，所以这种程度的虚构应该也是在允许范围内的。

然而，笔者在写这篇解说的时候，无论如何都想见一见浦贺先生在这二十年来一直紧追着的绪川明（二十年前是斋木明，十年前是丹治明），于是便跟仍旧住在京都的她见了面。那时，她断言道：二十年前第一次见到浦贺先生的时候，他确实提到了文件的事。就像书中她认为的那样，这可能仅仅是浦贺先生在故弄玄虚。即便如此，事实确实就是这样的：浦贺先生在二十年前，确实对斋木说了文件的事，而在《德尔塔的悲剧》中也写下了这件事。这究竟有什么意图呢？我们已经无法再从浦贺先生的口中寻求答案了。

不过思考这个答案也算是一种乐趣吧。当然，杀害了浦贺先生的丹治义行是难以被原谅的，他必须受到相应的惩罚。然而，本书是融合了叙述性诡计的纪实文学，这种形式打破了常规，所以不禁会让人认为这部作品未完成也是命中注定的。浦贺先生是出于何种意图才写下这部小说的呢？留下这个永远也解不开的谜团，也算是他对读者最后的馈赠吧。

《德尔塔的悲剧》是新发表的作品[1]。

1　日本的书籍发行时，若书中的内容未在其他地方（比如通过杂志连载的方式）发表过，通常会在正文和解说结束后附上这样一段话。

尾声
来自八木法子的信

　　我想您已经读过《德尔塔的悲剧》了。您有什么感想呢? 诚然, 有什么感想都是您的自由。不过, 我非常清楚您在想些什么。我希望您对着为这部作品死去的犬子流泪, 不过这也只是我这个做母亲的自私的想法而已。

　　老实讲, 我很苦恼。犬子也许并不希望我给您寄这封信。然而, 我也想让您倾听一位失去孩子的母亲的心声, 我认为您有这个义务, 便执笔写下了这封信。

　　还有一位母亲也失去了孩子, 不言而喻, 那就是山田信介的妈妈。三十年前的山田之死确实是一切的开端。把他推进水池里的人是斋木明、丹治义行和绪川广司这三人。准确地说, 斋木明是主导者, 她把丹治义行和绪川广司当作了手下, 唆使他们实施了罪行。

　　犬子在自己的人生旅途中一共追究了他们三次, 即二十岁时、三十岁时和四十岁时。《德尔塔的悲剧》中通过明的视角解释道，犬子紧追他们的原因在于他喜欢斋木明（三十岁时是丹治明，如今四十岁时是绪川明），于是便跟山田一样纠缠着她。如果不这么直白地写，难道就没有其他的表达方式了吗？不过我对《德尔塔的悲剧》内容的怀疑也正是始于这一段描写。

斋木明不仅俘获了犬子的心，还俘获了山田、丹治和绪川的心。我想要再度确认一下她究竟是怎样的美少女，于是便让山田的妈妈给我看了山田所念的鹤见那所小学的毕业相册（虽然山田在四年级的时候就死了，但听说这是学校方面特意为山田的母亲准备的）。确实，那是一张漂亮的脸蛋。然而，该说她是假小子吗？她散发出一种少年的气息，让人不觉得她是那种能够俘获异性爱慕的少女。

我也想见一见绪川明现在的样子，便拜托了为《德尔塔的悲剧》写下解说的桑原银次郎先生，向她提出了会面的请求。我原本担心会被拒绝，但她应该是对犬子的死抱有负罪感吧，于是坦然地接受了会面。

我在京都见到了绪川明，她给人的印象是那种疲于生活的女性。发型跟毕业相册里的一样，是随意剪齐的短发。她身材修长，从远处看会被误解成男性也不足为奇。我心想她或许也因为这次的事件而过度操心，但真要说的话，我也失去了孩子。自己的前夫因杀人而被捕，她不可能不震惊，不过我觉得说不定她以前就是那种不注重别人看法的女性。

犬子真的喜欢她吗？我开始对此抱有疑问。这跟山田、丹治或绪川喜欢她的意义是不一样的。山田喜欢她是小学时候的事，至于丹治和绪川则是从小的时候就跟她在一起，就算起初有同伴意识，慢慢地也会发展成男女关系，这一点是可以充分理解的。

此外，书中有好几章都出现了犬子的同学——住在幸区小仓的松坂。我一边读一边想，他为什么要如此配合斋木和丹治呢？我感到纳闷，后来终于明白了这是因为斋木是女性。斋木第一次拜访松坂时他正值停职，精神上会感到痛苦，只要稍微对他说些温柔的话语，他说不定就会喜欢上斋木。文中也有说明，在做高空作业的工作时，前辈和同事都对她很温柔。一方面是因为女性的建筑工人数量很少，但我觉得这也从侧面说明了"万绿丛中一点红"的她深受大家的宠爱。

然而，犬子第一次与她正式见面是在二十岁的成人礼那天。犬子或许是知道明的，但由于不在同一所学校，所以去鹤见找山田玩的时候也只是瞄到了她而已，而且对于明来讲，那天的印象应该完全是第一次见面才对。犬子会喜欢她喜欢到二十年来一直纠缠对方吗？

犬子为什么要在《德尔塔的悲剧》的叙述性文字中说明八木——自己喜欢明呢？莫非是有其他的什么理由，所以才把这当作了障眼法？——我觉得原因就在这里，便精读了《德尔塔的悲剧》好几十遍。于是，我在小说的引子中察觉出了不对劲。开头叙述了斋木、丹治和绪川在鹤见的风评，也说明了山田之死的始末。然而，引子里没有明确地说明是三人杀死了山田。起先我以为这只是小说的技法，便没有在意。但随着多次细读，我发现了一个惊人的事实。

起因在于"C 绪川被两人紧追"这一章的标题。这章的内容是绪川迎接来京都的犬子，但从前两章的"A 斋木紧追绪川"和前一章的"B 丹治紧追绪川"中可以看出，这两人指的是斋木和丹治。虽然也有一部分讲到了被前夫丹治紧追，但斋木这个姓是结婚前的旧姓，换言之斋木明与现在的绪川明是同一个人，所以被斋木紧追这一表达是不是有点奇怪呢？我绞尽脑汁思考了一番。

然而，章节的标题终究都是"被两人紧追"，意识到并非"被斋木和丹治紧追"后，我情不自禁地"啊"了一声。没错，这一章还出现了一个紧追绪川明的人，那就是弥生。对弥生来讲，绪川明夺走了自己的恋人，让自己的婚姻泡汤了。她像跟踪狂一样紧跟着绪川明也并非不可思议。也就是说，这一章中"被两人紧追"的意思是被丹治和弥生紧追。

我一瞬间又想到了，会不会不是丹治和弥生，而是犬子和弥生呢？毕竟犬子在绪川的迎接后也是出了场的。然而，我还是否定了这种可能。"平时都是我在叨扰您，今天却是您来招待我，这让我甚感欣慰。"犬子的这句台词说明这一章并非他在紧追绪川，而是绪川招待他。比起同情弥生的遭遇，我不由得佩服犬子注重文章的每一处细节而写下了小说。犬子一定也在其他的章节关注了细节而完成了这部小说。于是，我察觉到了：不仅仅是引子，就连《德尔塔的悲剧》的正文中也没有一个字写明了是斋木、丹治和绪川这三人杀死了山田。

准确地说，"三人杀死了山田"这一表达仅仅出现在登场人物的谈话当中。其他的地方，即所谓的叙述性文字中完全没有写明是三人杀死了山田，而只是勉强地有"害死"或是"犯下罪行"这类的表述。我后面也会写到，三人对山田的欺凌确实与山田的死有关，所以这并不能说是犯规。我情不自禁地想，《德尔塔的悲剧》会不会是证明了那三人没有杀死山田呢？

我最开始猜想会不会是犬子杀死了山田。这种怀疑让我的后背都凉了起来，毕竟犬子就在现场。三人离开后，他会不会就给了山田致命一击呢？

虽然我并不是在袒护犬子，但这种推测还是有些不太自然吧。案件发生在犬子十岁之时，那为什么过了十年才让三人顶罪呢？山田之死已经被当作意外而告一段落了，就算要推诿罪责，也不会有任何一个人怀疑是犬子杀了山田。真凶是没有必要画蛇添足、自找麻烦的吧？

实际上在《德尔塔的悲剧》中，十年前明与丹治结婚的那一段时间，有一幕是明指责道："杀死山田的其实就是你吧？"犬子太难缠了，被人这么怀疑也是无可奈何的。然而，犬子如果真的杀死了山田，他是不会做出如此冒险的事的。

犬子是推理作家。我曾经听说过，推理小说最重要的莫过于对读者的公平性了。既然是第三人称，作为上帝视角的叙述性文字就绝不应该有半点虚假。至少犬子是知道杀死山田的并非那三人吧，正因为如此他才写下了《德尔塔的悲剧》，他是为了把杀死山田的罪责推诿给那三个人。不，或许可以换一种说法：通读一遍《德尔塔的悲剧》后，我发现写下这部小说表面上是在揭发三人杀害山田的罪行，然而实际上却印证了真凶另有其人。

书中两次出现了明跟丹治看的那部电影的话题。"坏人分为两种类型，一种是凭力量与英雄战斗，另一种则是用头脑来谋划策略，而真正可怕的就是后者"——这一句第一次是出现在"B 丹治追究八木"中，说明这部电影是很久之前看的了。后来，这段话又出现在了明和丹治在旅馆看电影的那一幕中，从这里可以得知：A 部分是发生在 B 部分之前的事。

然而，事实不仅仅是这样。犬子在《德尔塔的悲剧》中通过引用电影的一段话，暗示了以暴力作恶的三人组背后实际上还隐藏着真正的恶。

为什么要这么兜圈子呢？知道真凶的话明确地在《德尔塔的悲剧》中写出来就好了。然而，实际情况却是有什么缘由使得犬子无法这么做。犬子是为了让世人知道那三人是杀死山田的凶手，才写下了《德尔塔的悲剧》这部小说的。如今所有人都认为是那三人杀死了山田。丹治被关进了监狱，同时受到了世人的谴责和刑罚的伺候。（他杀了犬子，这是理所应当的！）至于绪川夫妇，即便无法裁决他们杀死山田的罪行，今后也一定会有残酷的人生在等着他们。

　　虽然犬子没有想到自己会被丹治杀死，但其余的情况都是按部就班进行的。他为什么要做这种事？我能想到的理由只有一个，那便是为了包庇真凶。然而与此同时，随着阅读的深入，读者能够指出凶手是谁，这便是《德尔塔的悲剧》全书的结构。

　　书中有些描写暗示了犬子是有同伴的。桑原先生在解说中指出过，"A 八木追究斋木"中有一幕是犬子告诉明，自己死后记录着真相的文件就会被公布于众。关于这一点，我推测应该是二十年前犬子为了牵制三人而虚张声势吧。不过即便是纪实文学，作者也会对应该写什么、不应该写什么做出取舍。如果单单是虚张声势，就算犬子与明真的有过这番谈话，他也不会特地写出来吧。但犬子写了出来，留下了这一信息：自己有同伴，而这名同伴就是真凶。

犬子目击了三人将山田推到水池里，他为什么没把这件事告诉大人呢？山田的遗体是第二天早晨被发现的。如果三人杀了山田，他的妈妈肯定会到处找人吧，毕竟自己的孩子没有回家，一整晚都不知所终。正因为犬子跟山田的关系很好，所以他的妈妈一定会打电话来问山田在哪儿的。然而，当晚我并没有接到这类电话。

能想到的可能性只有一种，即山田被三人推到水池里后，凭借自己的力量从水池里爬了上来。但是他的衣服都湿漉漉的，若是这样回去肯定会被母亲责备。他不想让母亲知道自己被欺负的事，于是便等衣服风干后才回的家吧。

犬子既然成为一名推理作家，那想必也跟您一样在小的时候就很喜欢推理小说。正因如此，犬子才察觉到了三人并非凶手，对是否揭发出来而犹豫不决。

然而，犬子后来还是后悔自己没能这么做，否则随着警方的调查介入，事件不会被当作意外来处理，而真凶就可能会被抓住了。犬子在成人礼那天拜访斋木明也是出于这个原因。这一天既是山田的忌日，又是举行孩子成长为大人的仪式的日子。如果那天鼓起勇气救了山田，那么他后来的命运或许就会产生巨大的变化。一想到这点，犬子就坐立难安吧。

后来，犬子觉察到了真凶是谁——那就是您。我写这封信是因为在《德尔塔的悲剧》出版的过程中结识了桑原银次郎先生。他是一名彬彬有礼的出色的男士。可他毕竟还是媒体方面的人，而且他作为一名自由写手，我隐隐约约能看得出来他有着功利心，想凭借独家报道一举成名。《德尔塔的悲剧》会非常具有话题性，如果他得知了背后还另有真相存在，一定也会像鬣狗一样穷追不舍。我无法忍受媒体来消费犬子之死，将这种影响降到最低程度的方法便是由您来做个了断。我寄给您这封信是为了告知您，至少还有一个人是知道您的罪行的。

您跟山田住得很近，打小就认识，所以幼年时期关系很好，经常一块儿玩耍。那天，您目击了三人欺负山田，也看到了看着这番情景的犬子，于是心生一计：如果晚上悄悄地把山田叫出来，在水池那儿杀死他，那么事情就会演变成是那三人杀死山田的吧？更不用说还有犬子这名目击者存在。

我并没有直接见过您，所以不知道您是怎样的人。不过我听说您做事很认真，学习又好，作为踏实的优等生多多少少都有隐藏的另一面吧。然而不可思议的是，《德尔塔的悲剧》中有一段写到明在家庭餐厅里打电话，对提醒她的其他客人怒吼。对于认真的您来说，无论是在店里大声通电话还是被提醒了之后怒吼回去，都是不能忍受的行为吧。可是您当时明明就在现场，却几乎没有关于您的描写。犬子是为了让读者想象您当时做何反应而故意没有写下来吧。

山田对您所在的班级造成了多大的麻烦（即便他本人并没

有恶意），《德尔塔的悲剧》里都一五一十地写了下来。当然，扰乱纪律的那三人就不用多说了。您是无法放过一次性葬送他们的机会的，顺利的话还能让三人背上杀害山田的罪名。您必须确认事情进展得是否顺利，所以才没有提醒在店里打手机的明，毕竟打电话的内容可比礼仪更为重要。

您在三池公园见到绪川明时，书中是这样写您当时说的话的："记得有个暑假作业就是在这里捕捉昆虫，然后写观察日记。"我不知道您实际上有没有说过这句话，但是犬子认为这句话无论如何都是有必要的，于是加了进去。这几乎是《德尔塔的悲剧》这部小说的关键部分。如此想来，《德尔塔的悲剧》也可以说是犬子观察您和那三人的观察日记。

您虽然学习好，但由于怀上了孩子便没上大学。当然，我并不是要指责您什么，毕竟孩子的出世是值得欣喜的事。您作为优等生，当然是要考虑升入大学的。然而，您却因一时的过错而怀孕了。您当然会想到堕胎这个选项，可您做不到。您已经杀过一次人了，若是打掉腹中的孩子，那就会第二次杀人。您已经不愿意再犯下杀人的罪行了，所以这就是您在中学升学之际临盆的理由吧？

话虽这么说，负罪感还是会随着时间的流逝而减轻。时效成立之时就是在您与犬子结识前后吧。您不用再担心被逮捕了，于是想要通过与犬子搞外遇来抚平没有上大学的悔恨和对自己家庭的不满情绪。

您喜欢读书。书中曾评价到你在闲暇时间净读些难懂的书，但其实是面向儿童的外国推理小说译作吧。如此爱读书的人是不可能错过当地有一名小说家这件事的。虽然川崎市与横滨市在行政区域上不同，但斋木和丹治也曾为了侦察犬子而找到了松坂。您通过什么人的关系接触到犬子也并不困难吧。于是，犬子接受了您，然后就爱上您了。犬子也是在那个时候知道您就是杀害山田的真凶的吧。

犬子想跟您结婚，但您已为人妻。就算相互之间是在二十四五岁时认识的，从常识上来看，这段婚外情的关系也不可能持续到四十岁。我推测犬子在三十岁的时候应该还跟您保持着关系吧。

犬子在二十岁时第一次去见了三人，之后三人与犬子一度断了联系，这应该是因为犬子以浦贺和宏的名字出道为作家，从而工作繁忙吧。然而，犬子却在三十岁时再次去见了那三人。这就是我认为他在那时还跟您保持着关系的原因。犬子有着明确的目的，即打算让世人知道是那三人杀了山田。他盘算着如此做了之后您应该就会高兴吧。

接着，到了犬子四十岁的时候，他开始了第三次的取材。书中"C 八木追究绪川"这一章中有一段写到，在三池公园见到绪川明的犬子突然转身就走。这当然是因为他看到了您，所以才慌慌张张离开了。犬子不想让明知道他跟您认识，毕竟明可能会察觉到杀死山田的人其实就是您。

恐怕，犬子就在那个时候跟您分手了，可他还是无法忘记您，一直保持着单身。犬子无论如何都想跟您结婚，因此，您现在的家庭就成了阻碍。正因如此，他才考虑要揭发您的罪行。虽然警察不可能再逮捕您了，但至少能够破坏您的家庭。事成之际，犬子就能名正言顺地跟您再续前缘了。

二十岁时是为了探寻山田之死的真相，三十岁时是为了让三人背上山田之死的罪名，而四十岁后则是为了挽回您。每隔十年，犬子都进行了取材，反复三次后，终于完成了《德尔塔的悲剧》。与其称之为爱情，不如说那实属是自作多情的热情吧。即便如此，我还是认为犬子是真心爱着您的，否则，我是无论如何都无法想象他会爱上一个杀死自己朋友的女人。一想到犬子以这种扭曲的形式表达了对您的爱意，并为朋友完成了复仇，我的心都快要碎了。

虽然说是为了破坏您的家庭而揭发您的罪行，但又不能明确地指出您是凶手，所以那三人就成了牺牲品。《德尔塔的悲剧》终究只是为了让那三人顶罪而写的小说，犬子为了让您深信这一点才没有打算揭发您的罪行。能够与您结婚，同时又消除了您没能救下山田的负罪感，这可谓一石二鸟之计。

为了让斋木、丹治和绪川这三人是同一个人的诡计能够成立，明必须是女性。这个诡计被揭开的一瞬间，读者就明白凶手是女性了。而在故事中，山田身边还出现了一名女性。明对山田抱有生理性的厌恶感，进而萌发出了杀意，这一点对于您来说也是适用的吧。

您和明是小学时代的同学，所以一般情况下应该在叙述性文字中使用您的旧姓或是名字吧。然而，这么做的话就会与对明的描写产生不协调。毕竟在《德尔塔的悲剧》中，一直都是以婚后对方的姓氏来称呼明的。顺带一提，我去京都见绪川明时才了解到，曾与绪川广司同居的弥生小姐的这个"弥生"也并非名字，而是姓氏。除开明，登场人物基本上都是以姓氏来称呼的，这或许就是犬子作为推理作家的执着吧。

据说明每次从京都回到鹤见老家时都会去三池公园。这种行为虽然是出于负罪感，但她内心应该也在嘲笑着自己——杀人犯一般都会回到现场。若是如此，那您为什么又会偶然在三池公园碰到绪川广司和明呢？这是不是因为您为了悼念被您杀死的山田，平时就频繁地去三池公园呢？

您这一生都会经常到三池公园去吧。请您也为被丹治杀死的犬子悼念吧，哪怕只有一丁点的心意也好。这是来自您曾经所爱男人的母亲的心愿。最后，请您珍重。

八木法子

致 加藤桃香小姐

文治

磨铁图书旗下子品牌

更好的阅读

特约监制　潘　良　于　北

产品经理　刘　烁　胡马丽花

特约编辑　王香力

版权支持　冷　婷　郎彤童

营销支持　金　颖　黄筱萌

封面设计　609工坊

关注我们

官方微博：@文治图书
官方豆瓣：文治图书
联系我们：wenzhibooks@xiron.net.cn